Edgar A. Poe

A QUEDA DA CASA DE USHER

Sumário

Introdução [7]

A queda da casa de Usher [9]

O Barril de Amontilhado [39]

O retrato oval [49]

O poço e o pêndulo [55]

O gato preto [77]

Ligeia [91]

O coração delator [113]

O corvo [123]

William Wilson [129]

Edgar Allan Poe [159]

A casa de Poe [161]

Todos os direitos reservados
Copyright © 2023 by Editora Pandorga
Título original: *The Fall of the House of Usher*

Direção Editorial
Silvia Vasconcelos

Produção Editorial
Equipe Editoral Pandorga

Tradução
Ivar Panazzolo Junior

Revisão
Equipe Pandorga

Capa e Projeto gráfico
Lumiar Design

Ilustrações de Harry Clarke (1889-1931), exceto páginas 4,5 (Gustave Doré), 48 (J.P. Laurence) e 122 (Shutterstock).

Texto de acordo com as normas do Novo Acordo Ortográfico da Língua Portuguesa
(Decreto Legislativo nº 54, de 1995)

DADOS INTERNACIONAIS DE CATALOGAÇÃO NA PUBLICAÇÃO (CIP)

Ficha elaborada por: Vagner Rodolfo da Silva - CRB-8/9410

P743q   Poe, Edgar Allan
         A Queda da Casa de Usher e Outros contos / Edgar Allan Poe ;
         traduzido por Ivar Panazzolo Junior. - Cotia : Padorga, 2023.
         168 p. : il. ; 14cm x 21cm.

         Tradução de: The Fall of the House of Usher
         ISBN: 978-65-5579-241-6

         1. Literatura americana. 2. Gótico. I. Panazzolo Junior, Ivar. II.
         Título.

2023-2443   CDD 810
                                                     CDU 821.111(73)

Índices para catálogo sistemático:
1. Literatura americana 810
2. Literatura americana 821.111(73)

2023
Impresso No Brasil
Printed In Brazil

Direitos cedidos para esta edição à
Editora Pandorga
Rodovia Raposo Tavares, Km 22
Granja Viana – Cotia – SP
Tel. (11) 4612-6404
www.editorapandorga.com.br

Introdução

Nas páginas sombrias e intrincadas deste livro, mergulhamos no universo perturbador e fascinante de Edgar Allan Poe, um dos maiores mestres da literatura gótica e do terror. Conhecido por sua escrita obscura e arrepiante, Poe nos transporta para um mundo onde o sobrenatural e o macabro caminham lado a lado, intrigando e cativando leitores ao longo de gerações.

Neste livro, reunimos uma seleção de contos do mestre do suspense, todos compartilhando um elemento comum — o cenário sinistro e angustiante de casas. As casas são mais do que simples construções de tijolos e de cimento; elas se tornam personagens por si só, envolvidas em mistérios sombrios, assombradas por segredos e medos profundos.

Estes contos de Edgar Allan Poe exploram o tema da casa como elemento perturbador, pelo qual o sobrenatural, o macabro e o desconhecido se encontram. Utilizando arquitetura das casas como um reflexo físico e psicológico de seus personagens, Poe cria um ambiente opressivo e sinistro que aumenta o impacto das histórias.

À medida que mergulhamos nesses contos, somos apresentados a mansões abandonadas, com seus corredores escuros e sombras que escondem mais do que visões. Exploramos casas assombradas, onde vozes sussurrantes e assombrações nos levam à beira da sanidade. Encontramos personagens assombrados dentro de seus abrigos domésticos, lutando contra a influência de forças ocultas e desconhecidas.

No entanto, as casas de Poe não são apenas ambientação; são reflexos da mente humana e de seus medos mais profundos. Elas espelham os segredos sombrios que todos carregamos internamente, convidando-nos a explorar as profundezas do que realmente nos atormenta.

Com sua prosa rica e atmosférica, Poe nos leva por um labirinto assustador dentro dessas casas imaginárias, explorando os cantos mais ocultos e sombrios de nossa própria mente. Um convite para adentrar esse mundo angustiante e inquietante, onde o inesperado espreita a cada página, e o terror se mistura ao prazer da leitura.

Prepare-se para ser envolvido pelo universo macabro e fascinante de Edgar Allan Poe, no qual as casas se tornam portais para o reino do desconhecido. Navegue pelas páginas com coragem, mas esteja avisado: é possível que nunca mais olhe para uma casa da mesma forma novamente.

A Queda da
Casa de Usher
1839

Atravessando as páginas empoeiradas do eterno catálogo literário, nos deparamos com um nome que se destaca como um farol sombrio, iluminando os recessos mais profundos da mente humana: Edgar Allan Poe. Este mestre do suspense e do macabro, famoso por suas histórias perturbadoras e poemas melancólicos, guia-nos pelos corredores da inquietação e do desconhecido. Entre seus contos mais reconhecidos, destacamos a angustiante e hipnotizante narrativa intitulada "A Queda da Casa de Usher".

Publicado pela primeira vez em 1839, o conto "A Queda da Casa de Usher" mergulha o leitor em um ambiente nebuloso e opressivo, onde os limites entre realidade e imaginação são constantemente questionados. Somos apresentados ao narrador anônimo, que recebe um convite do seu amigo de infância, Roderick Usher, para visitar sua mansão ancestral. A atmosfera sombria e decadente desta morada se mescla com a própria personalidade de Roderick, um homem atormentado por aflições psicológicas e pela maldição que assola sua família.

Por meio da hábil escrita de Poe, somos cativados pela descrição meticulosa e pela riqueza de detalhes que confere vida à Casa Usher. As paredes úmidas, os corredores sinuosos e os retratos sombrios ganham vida, elevando a narrativa a um patamar de imersão e suspense. O leitor é levado a questionar o que é real e o que é fruto da mente perturbada dos personagens. Cada palavra e cada frase são cuidadosamente escolhidas para criar uma atmosfera de tensão crescente, que culmina em um clímax arrebatador.

Mas "A Queda da Casa de Usher" vai além de uma mera história de terror. Usando de personagens complexos e de suas obsessões, Poe explora temas universais como a deterioração psicológica, a fragilidade humana e a herança do passado. Por meio da Casa de Usher, que funciona como um reflexo da mente atormentada de seus moradores, somos confrontados com nossa própria mortalidade e com a finitude de tudo o que nos cerca.

Prepare-se, caro leitor, para uma jornada literária de arrepiar a espinha. Nas páginas sombrias de "A Queda da Casa de Usher", Edgar Allan Poe nos conduz a um mundo macabro e perturbador, pelos quais as fronteiras entre a realidade e a loucura se esvaem. Seja bem-vindo a essa casa decadente que lhe abrirá as portas para o domínio do inexplicável e para os segredos mais sombrios da alma humana.

Durante todo um dia enfadonho, escuro e silencioso de outono, quando as nuvens pendiam opressivas e baixas no firmamento, percorri sozinho, a cavalo, um trecho singularmente lúgubre no campo. Por fim, quando as sombras da noite já se aproximavam, encontrei-me à vista da melancólica Casa de Usher. Não sei como foi – mas, ao primeiro olhar que lancei à casa, uma sensação de insuportável melancolia invadiu o meu espírito. Digo insuportável, pois tal sensação não era aliviada por nenhum daqueles sentimentos meio prazerosos, porque poéticos, com os quais o espírito geralmente absorve mesmo as imagens naturais mais austeras do desolamento e do terrível. Contemplei a cena que se abria diante de meus olhos – a casa simples; os traços simples da paisagem; as paredes nuas; as janelas que mais pareciam olhos vazios; algumas fileiras de juncos sinistros e alguns troncos brancos de árvores mortas – com uma depressão que consumia minha alma, que eu não poderia comparar a nenhuma sensação terrena com mais propriedade do que a do despertar do delírio do ópio – o lapso amargo na vida cotidiana – a horrível queda do véu.

O coração congelava, afundava, adoecia – uma irremediável tristeza por pensar que nem a mais aguçada imaginação seria capaz de extrair qualquer coisa do sublime.

O que era aquilo? – parei para pensar – o que era aquilo que me desconcertava tanto ao comtemplar a Casa de Usher? Era um mistério totalmente insolúvel. Sequer conseguia lutar contra as quimeras macabras que se abatiam sobre mim enquanto ponderava. Tive de me contentar com a conclusão insatisfatória de que, embora, sem dúvida, *existam* combinações de objetos naturais muito simples, que têm o poder de nos afetar desse modo, a análise desse poder reside em considerações além da nossa compreensão. Refleti que era possível que a mera organização diferente das particularidades da cena, dos detalhes do quadro, já seria suficiente para modificar ou, quem sabe, até aniquilar a capacidade que eles têm de nos trazer impressões pesarosas. Com isso em mente, guiei meu cavalo até a borda íngreme de um lago negro e lúgubre que brilhava imperturbável perto da casa e olhei para baixo; mas me arrepiei mais do que antes vendo a imagem invertida dos juncos cinza, dos troncos fantasmagóricos das árvores e das janelas que pareciam olhos vazios.

Mesmo assim, me propus a ficar naquela mansão melancólica por algumas semanas. O proprietário, Roderick Usher, tinha sido um de meus melhores amigos da infância, quando éramos jovens, mas muitos anos haviam se passado desde nosso último encontro. Entretanto, tinha chegado a mim uma carta, em uma parte distante do país – uma carta dele –, que pela natureza urgente, não admitia outra resposta senão uma dada pessoalmente. Meu amigo parecia estar extremamente agitado e nervoso. Ele falou sobre dores agudas no corpo, de um distúrbio mental que o vinha afligindo e de um desejo sincero de me ver, como seu melhor e, na verdade, único amigo, na tentativa de melhorar de sua doença com a alegria de minha presença. Foi a maneira como tudo isso – e muito mais – foi dito, a forma como o pedido parecia ter sido feito de coração, que não me deixou espaço para hesitação; e obedeci fielmente a essa súplica de visita que ainda considero muito singular.

Embora tivéssemos sido muito próximos quando meninos, eu sabia muito pouco do meu amigo. Ele sempre havia se mostrado excessivamente reservado. Eu sabia, contudo, que sua família, muito antiga, era conhecida, desde tempos imemoriais, por ter uma sensibilidade peculiar de temperamento, revelando-a, por muito tempo, em muitas obras de exaltada arte e, posteriormente, em repetidos atos de caridade, generosos, porém discretos. Também eram devotos das complexidades, talvez até mais do que das belezas ortodoxas e facilmente reconhecíveis da ciência musical. Eu sabia, também, do fato digno de nota de que a estirpe da família Usher, honrada como era, não havia tido nenhuma ramificação duradoura. Em outras palavras, que toda a família se limitava a uma linha de descendência direta, e sempre assim fora, com exceção de variações insignificantes e transitórias. Essa deficiência – eu pensava, enquanto percorria em pensamentos a perfeita harmonia do aspecto da propriedade com o reconhecido caráter das pessoas, e especulava sobre a possível influência que um possa ter exercido sobre o outro ao longo dos séculos. Era esse fato, talvez, e a consequente transmissão, de pai para filho, do patrimônio e do nome, que haviam feito a família e a casa se juntarem no nome exótico e ambíguo de "Casa de Usher". Esse nome parecia aludir, na cabeça dos camponeses que lá trabalhavam, tanto à família quando à mansão.

Eu disse que o único efeito de meu experimento infantil – o de olhar para baixo na lagoa – havia aprofundado a minha primeira e singular impressão do lugar. Sem dúvida, o fato de eu perceber que minha superstição aumentava – por que não deveria expressá-lo? – fez com que ela aumentasse cada vez mais. Sei há muito tempo que é assim que funciona a lei paradoxal de todos os sentimentos derivados do terror. Talvez tenha sido apenas por essa razão que, quando levantei os olhos novamente para a casa depois de ter visto seu reflexo na água, cresceram em minha mente ideias estranhas – aliás, ideias tão ridículas, que só menciono para mostrar a força intensa das sensações que me oprimiam. Eu havia forçado tanto a imaginação que ela me fez *realmente* acreditar que sobre toda a mansão e a propriedade pairava uma atmosfera muito peculiar a elas próprias e à vizinhança – uma atmosfera nada parecida com os ares do céu, mas sim algo que emanava das árvores mortas, das paredes cinzentas, do lago silencioso – um vapor pestilento e místico, pesado, inerte, mal perceptível e cor de chumbo.

Espantando de meu espírito o que devia ser um sonho, observei com mais atenção o aspecto real daquela construção. Sua característica principal era parecer excessivamente antiga. A perda das cores por entre os anos havia sido grande. Fungos minúsculos tinham tomado conta de todo o exterior da casa, enroscando-se nas calhas em uma teia finamente tecida. Todavia, não existia estragos mais acentuados. Nenhuma parte da alvenaria ruíra, e parecia haver uma inconsistência extravagante entre o conjunto ainda perfeito das partes da construção e a condição precária de cada pedra. Isso me fazia pensar na integridade aparente de uma velha peça de madeira apodrecendo fazia muitos anos em alguma caverna abandonada, sem contato com o ar exterior. Apesar desse forte indício de decadência, a construção dava poucos sinais de instabilidade. Talvez os olhos de um observador atento tivessem descoberto alguma rachadura imperceptível que, estendendo-se do teto da frente da casa, descesse pelas paredes em ziguezague até se perder nas águas sombrias do charco.

Observando essas coisas, transpus o curto caminho que conduzia a casa. Um criado tomou meu cavalo e então passei pelos arcos góticos do vestíbulo. Outro criado me conduziu, em silêncio e a passos furtivos, pelos vários corredores escuros e intrincados, a caminho do gabinete de seu amo. Muito do que encontrei pelo caminho contribuiu para potencializar todos os sentimentos vagos que já descrevi, de uma forma que não sei explicar.

Embora os objetos ao meu redor – mesmo as pinturas no teto, as tapeçarias sombrias nas paredes, o chão preto como o ébano, ou mesmo os troféus heráldicos fantasmagóricos que retiniam enquanto eu passava – fossem coisas com as quais eu me acostumara na infância, e mesmo não hesitando em reconhecer o quanto tudo aquilo era familiar para mim, eu ainda me admirava por perceber o quanto as impressões que as imagens comuns me causavam eram estranhas. Em uma das escadarias, encontrei o médico da família. Seu semblante, pensei, parecia encerrar uma mistura de baixa astúcia e embaraço. Ele me cumprimentou com um leve tremor e continuou andando. O criado então abriu a porta e me guiou à presença de seu senhor.

Era uma sala grande e imponente. As janelas eram longas, estreitas e pontudas e estavam colocadas a uma distância tão grande do chão de carvalho que era quase impossível alcançá-las. O brilho fraco de luzes avermelhadas abria caminho pelas vidraças de treliças e serviam para tornar suficientemente reconhecíveis os principais objetos de lá. Meus olhos, contudo, tentavam em vão alcançar os cantos mais remotos do cômodo ou os recuos do teto abobadado e cheio de ornamentos. Havia tapeçarias escuras pendendo das paredes. A mobília era farta, mas desconfortável, antiquada e encontrava-se em estado precário. Existiam vários livros e instrumentos musicais espalhados pelos cantos, mas nem eles conseguiam dar nenhuma sensação de vitalidade ao lugar. Senti que respirava uma atmosfera de angústia. Uma atmosfera de profunda, penetrante e irremediável melancolia pairava no ar e tomava conta de tudo.

Quando entrei, Usher levantou-se do sofá onde estava deitado e me cumprimentou tão calorosamente que, a princípio, considerei uma cordialidade exagerada, um esforço constrangido de um homem cansado do mundo. Entretanto, ao olhar para seu semblante, convenci-me de sua perfeita sinceridade. Sentamo-nos e, por alguns momentos, enquanto ele não falava, contemplei-o com um sentimento onde se misturavam piedade e admiração. Nenhum homem havia mudado tanto, em um período de tempo tão curto, como Roderick Usher!

Foi difícil admitir que o homem pálido que estava ali, diante de mim, era o meu companheiro da infância e da adolescência. Os traços de seu rosto sempre tinham sido notáveis: a complexão cadavérica, olhos grandes, líquidos e mais brilhantes do que os de qualquer um; lábios estreitos e muito pálidos, porém com uma curvatura de notável beleza; o nariz de uma feição hebreia delicada, mas com uma largura incomum para narinas de semelhante tipo; o queixo, finamente modelado, que falava, pela falta de proeminência, de uma falta de energia do espírito; os cabelos, mais macios e finos que uma teia de aranha. Todos esses traços, que se expandiam excessivamente sobre a região das têmporas, faziam com que aquele semblante não pudesse ser esquecido facilmente. Mas agora, no exagero do caráter predominante desses traços e da expressão que eles costumavam transmitir, havia tanta mudança que comecei a duvidar daquele com quem falava. A palidez fantasmagórica da pele e o brilho miraculoso que agora havia em seus olhos, acima de tudo, me surpreenderam e me deixaram impressionado. O cabelo sedoso, também, havia crescido de uma maneira descuidada, e era como se, em sua textura selvagem de teia de aranha, mais flutuasse do que caísse sobre seu rosto. Eu não conseguia, mesmo me esforçando para isso, relacionar sua aparência emaranhada com qualquer ideia de simples humanidade.

Fiquei surpreso, de início, ao encontrar uma incoerência – uma inconsistência – no comportamento do meu amigo, e logo descobri que elas eram motivadas por uma série de tentativas frágeis e inúteis de superar um embaraço habitual, uma agitação nervosa excessiva. Eu, certamente, estava preparado para algo dessa natureza, tanto pela carta, como também pela lembrança de certos traços da juventude e por conclusões a que cheguei a partir de sua conformação física peculiar e de seu temperamento. Ele alternava a forma como agia, às vezes era alegre, às vezes carrancudo. A voz variava rapidamente de uma indecisão trêmula (quando a vitalidade parecia estar em completa latência) a essa espécie de concisão energética – aquela maneira de falar abrupta, pesada, lenta e oca – a essa voz gutural, densa, equilibrada e perfeitamente modulada, que pode ser observada em um bêbado perdido ou no viciado em ópio durante o período de maior exaltação.

Foi dessa forma que ele falou sobre o objetivo de minha visita, de seu desejo sincero de me ver, e do consolo que ele esperava que minha presença lhe trouxesse. Abordou, com certa profundidade, o que julgava ser a causa de sua doença. Disse que era um mal constitucional e familiar – para o qual ele já não tinha esperança de encontrar uma cura – uma simples afecção nervosa – acrescentou imediatamente –, que sem dúvidas passaria logo.

A doença se manifestava por meio de uma multidão de sensações alternáveis. Enquanto ele as detalhava, algumas delas me interessaram e me deixaram perplexo, embora talvez os termos e a forma geral como ele as narrou tenham tido seu peso. Ele sofria de um aguçamento mórbido dos sentidos: só suportava as comidas mais insípidas, só podia usar vestes de certa textura, o cheiro de todas as flores o oprimia, uma mera luz fraca torturava seus olhos, e somente alguns sons – todos eles de instrumentos de corda – não lhe inspiravam horror. Compreendi que ele estava amarrado a uma estranha espécie de terror.

— Vou morrer — disse-me ele —, vou morrer por causa dessa deplorável loucura. Assim; assim, e não de outra forma, hei de perecer. Temo o que acontecerá no futuro – não os eventos em si, mas suas consequências. Estremeço ao pensar em qualquer incidente, até mesmo no mais trivial, que possa ter efeito sobre essa agitação intolerável da alma. De fato, não tenho nenhuma aversão ao perigo, exceto em seu efeito absoluto – no terror. Nesta condição debilitada – e digna de pena –, sinto que, mais cedo ou mais tarde, chegará a hora em que terei de abandonar a vida e a razão ao mesmo tempo, em alguma luta contra o fantasma sombrio do MEDO.

Percebi, além disso, pouco a pouco, e por meio de alusões entrecortadas e ambíguas, outro traço singular de sua condição mental. Ele estava dominado por certas impressões supersticiosas com relação ao imóvel onde vivia e de onde, por muitos anos, nunca havia se aventurado a sair – superstições acerca de uma influência cuja força hipotética foi descrita em termos muito obscuros para ser relatada aqui. A influência que algumas peculiaridades na simples forma e material da mansão da família haviam exercido sobre de seu espírito, graças a um longo sofrimento, ele disse – um efeito que a aparência das paredes cinzentas, das torres e do lago sombrio no qual tudo se refletia, tinha, com o tempo, produzido sobre o estado *de ânimo* de sua existência. Contudo, ele admitia, mesmo com hesitação, que muito da morbidez peculiar que o afligia podia ser atribuída a uma origem mais natural e palpável – à doença severa e contínua – na verdade, à aproximação evidente e iminente da morte de sua querida e amada irmã, a única companhia que vinha tendo fazia anos, seu último e único parente na terra.

— A morte dela — ele contou, com uma amargura que nunca conseguirei esquecer – faria dele (ele, o desesperançado e frágil) – o último da antiga linhagem dos Usher.

Enquanto ele falava, lady Madeline (ou pelo menos era como a chamavam), passou devagar por uma parte remota da sala e, sem notar minha presença, desapareceu. Eu a olhei com uma mistura de espanto absoluto e medo, mas não conseguia explicar a que se deviam aqueles sentimentos. Uma sensação de estupor me oprimia enquanto meu olhar seguia seus passos. Quando, por fim, a porta se fechou atrás dela, meu olhar procurou instintivamente, e com ansiedade, pelo semblante do irmão, mas ele havia escondido o rosto entre as mãos, e só pude notar que uma palidez fora do comum havia tomado conta dos dedos finos, pelos quais escorriam muitas lágrimas apaixonadas.

A doença de lady Madeline vinha, há muito, desafiando as habilidades dos médicos. Uma apatia fixa, uma devastação física lenta e gradual, e frequentes – embora breves – afecções de um caráter parcialmente cataléptico, eram os diagnósticos incomuns. Até então, ela lutara com firmeza contra a doença e não se entregara à cama; mas, ao final da noite em que cheguei à casa, ela sucumbiu (como o irmão me contou no meio da noite, com uma agitação inexprimível) ao poder de prostração da enfermidade, e percebi que o breve vislumbre que tive de sua pessoa seria, provavelmente, o último – percebi que não veria mais aquela dama, pelo menos enquanto vivesse.

Por vários dias, seu nome não foi mencionado nem por Usher nem por mim. Durante esse período, ocupei-me dos esforços mais sinceros para aliviar a melancolia de meu amigo. Pintávamos e líamos juntos; ou escutava, como em um sonho, as improvisações extravagantes de seu eloquente violão. E assim, à medida que crescia nossa intimidade, conseguia adentrar com menos reservas em seu espírito, e com mais amargura percebia a inutilidade de todas as tentativas de alegrar uma mente cuja escuridão, como se fosse uma qualidade positiva inerente, se derramava sobre todos os assuntos do universo moral e físico em uma incessante irradiação de melancolia.

Sempre levarei comigo as lembranças das várias horas solenes que passei a sós com o dono da Casa de Usher. Contudo, não conseguiria transmitir a ideia do exato caráter dos estudos, ou das ocupações, nas quais ele me envolveu, ou por cujos caminhos me conduziu. Uma idealização exaltada e altamente inquietante, que lançava um brilho cintilante sobre tudo. Suas canções fúnebres improvisadas ecoarão para sempre em meus ouvidos. Entre outras coisas, guardo dolorosamente na memória a recordação de certa perversão singular e amplificação extravagante da ária da última valsa de Von Weber. Das pinturas sobre as quais sua complicada imaginação se debruçava, e que cresciam, pincelada a pincelada, para uma indefinição diante da qual eu estremecia (um tremor que era ainda mais perturbante porque não conhecia sua causa) – dessas pinturas (vívidas como suas imagens estão agora em minha mente), eu me esforçaria em vão para reproduzir mais do que uma pequena parte, que ficaria restrita às fronteiras das reles palavras escritas.

Pela total simplicidade, pela pureza de seus desenhos, ele prendia e aterrava a atenção. Se algum mortal já conseguiu pintar uma ideia, esse mortal foi Roderick Usher. Para mim, pelo menos, dadas as circunstâncias que me rodeavam, elas surgiam de puras abstrações que o hipocondríaco intentava lançar na tela, uma sensação de intolerável espanto cuja sombra nunca havia sentido, nem mesmo na contemplação das fantasias resplandecentes, certamente, porém concretas demais, de Fuseli.

Uma das concepções fantasmagóricas do meu amigo, embora não tão rígida com quanto ao espírito da abstração, pode ser melhor delineada em palavras, ainda que com certa superficialidade. Um pequeno quadro representava o interior de uma cripta ou um túnel bastante longo e retangular, com paredes baixas, suaves, brancas e sem interrupções ou ornamentos. Alguns pontos acessórios da composição serviam bem para transmitir a ideia de que essa escavação estava a uma grande profundidade abaixo da superfície da terra. Não havia nenhuma saída em nenhuma parte daquela amplidão, e não havia nenhuma tocha ou outra fonte artificial de luz; contudo, uma avalanche de raios intensos se espalhava por tudo e banhava a cena toda com um esplendor sinistro e incongruente.

Acabei de me referir à condição mórbida do nervo auditivo que tornava qualquer música intolerável ao enfermo, com exceção de alguns efeitos de instrumentos de corda. Foram talvez os limites estreitos pelos quais ele assim se confinou ao violão que deram origem, em grande medida, ao caráter fantástico de suas apresentações. Mas a facilidade ardorosa com que improvisava não podia ser explicada da mesma forma. Elas deviam ser, e eram, nas notas, assim como nas palavras de suas fantasias mais estranhas (já que ele frequentemente acompanhava as notas com rimas improvisadas) –, deviam ser resultado daquele intenso recolhimento e concentração mental a qual já me referi como sendo observável apenas em momentos particulares da mais alta excitação artificial.

Lembro-me facilmente das palavras de uma dessas rapsódias. Talvez tenha ficado mais impressionado com elas quando ele a apresentou, porque, na maré mística de seu significado, imaginei perceber, e pela primeira vez, a plena consciência, da parte de Usher, de que sua razão altiva cambaleava com o poder dela. Os versos, que eram intitulados de *O Palácio Assombrado* eram mais ou menos assim:

I.
No mais verde de nossos vales,
Por anjos misericordiosos habitado,
Um palácio outrora majestoso
Um palácio imponente – foi erguido
Nos domínios do Rei Pensamento – e lá
Ele ficava!
E nunca um serafim suas asas
sobre coisa tão bela havia batido.

II.
Bandeiras amarelas, gloriosas, douradas
Em seu telhado esvoaçavam-se
(Isso – tudo isso – nos
Velhos tempos)
E com cada brisa que batia,
naquele doce dia,
Pelas ameias, emplumadas e pálidas,
Uma fragrância leve se expandia.

III.
E os que passavam pelo vale
Pelas duas janelas luminosas viam
Espíritos dançando musicalmente
Ao som do alaúde,

Em torno de um trono onde
(porfirogênito!)
Envolto em glória,
O senhor do reino era visto.

IV.
E com o brilho das pérolas e do rubi
Era decorada a bela porta do palácio
Por onde entraram, como um rio fluindo e cintilando
Os ecos, cuja tarefa doce
Era cantar
Com vozes de beleza magnificente
A inteligência e a sabedoria do rei.

V.
Mas vultos maus, em túnicas de mágoa,
Atacaram o território do Rei. Ah,
Deixe-nos lamentar, porque o amanhã
Nunca há de amanhecer sobre ele, o desolado!
E, perto de seu lar, a glória
Que uma vez corou e floresceu
É apenas uma história mal lembrada
Sobre os velhos tempos que passaram.

VI.
E os viajantes agora dentro do vale,
Através das janelas de luzes avermelhadas, veem
Formas vastas que se movem fantasticamente
Ao som de uma melodia dissonante;
Enquanto, como um rio ligeiro lúrido,
Através da pálida porta,

Uma multidão medonha passa para sempre,
E riem – mas não sorriem mais.

Lembro-me bem que algumas sugestões que nasceram dessa balada nos colocaram em um trem de pensamentos onde manifestou-se uma opinião de Usher que menciono não por seu caráter inovador (outros homens já pensaram assim), mas pela pertinência com a qual ele as sustentava. Essa opinião, em linhas gerais, defendia a existência de sensibilidade em todos os seres vegetais. Mas em sua imaginação confusa, a ideia havia assumido um caráter mais audaz e invadia, sob certas condições, o reino inorgânico. Faltam-me palavras para expressar todo o alcance ou a sincera desenvoltura de sua convicção. A crença, contudo, estava relacionada (como já insinuei anteriormente) às pedras cinzentas da casa de seus antepassados. As condições da sensitividade, ele imaginava, tinham sido verificadas pela forma como as pedras tinham sido colocadas – pela ordem como tinham sido dispostas, assim como pelo grande número de fungos que as cobria e pelas árvores mortas que ficavam à sua volta – acima de tudo, por como essa ordem mantinha-se imperturbável há tanto tempo, e por como o cenário era reduplicado nas águas estagnadas do lago. A prova disso – a prova da sensitividade – podia ser vista, disse ele (e ao ouvi-lo, estremeci) na gradual, mas inevitável condensação de uma atmosfera própria em torno nas águas e das paredes. O resultado era perceptível, ele acrescentou, nessa influência silenciosa, porém insistente e terrível, que durante séculos havia moldado os destinos da família, e o transformado no que eu agora via – naquilo que ele *era*. Tais opiniões não requerem comentários, e não farei nenhum.

Nossos livros – livros que, por anos, construíram boa parte da existência mental do enfermo –, estavam, como era de se esperar, em rigorosa conformidade com essa natureza fantasmagórica. Debruçávamos juntos sobre obras como *Ververt et Chartreuse*, de Gresset; o *Belfegor*, de Maquiavel; *Céu e Inferno*, de Swedenborg; *Viagem aos Subterrâneos de Nicholas Klimm*, de Holberg; *Quiromancia*, de Robert Flud, Jean D'Indaginé e De la Chambre; *Jornada pela Imensidão Azul*, de Tieck e *A cidade do Sol*, de Campanella. Um dos volumes favoritos era uma edição *in-octavo* do *Manual do Inquisidor*, do dominicano Eymeric de Cironne. Havia também passagens em Pomponius Mela sobre os velhos Sátiros e Egipãs africanos[1], sobre as quais Usher poderia sentar e sonhar por horas. Seu maior prazer, contudo, se encontrava na leitura cuidadosa de um livro extremamente raro e curioso em gótico *in-quarto*: o manual de uma igreja esquecida – *Vigiliæ Mortuorum secundum Chorum Ecclesiæ Maguntinæ*.

Não pude deixar de pensar no ritual frenético dessa obra e na provável influência que exerceu sobre o hipocondríaco, quando, uma noite, depois de me informar que lady Madeline havia falecido, declarou que tinha a intenção de preservar o corpo da irmã por quinze dias (antes de finalmente sepultá-la), em uma das várias câmaras que existiam dentro dos muros principais da casa. Todavia, a razão terrena para esse procedimento tão singular era de tal natureza que não pude contestar. O irmão havia sido levado a essa decisão, assim me disse, considerando o caráter insólito da enfermidade da falecida, das inevitáveis perguntas inoportunas e impulsivas por parte dos médicos, e da localização remota e exposta do cemitério da família. Não hei de negar que, ao lembrar-me do semblante sinistro da pessoa com quem havia cruzado nas escadarias, no dia em que cheguei àquela casa, não senti nenhum desejo de me opor ao que considerei, na melhor das hipóteses, uma precaução inofensiva e bastante natural.

---

1. Personagens da mitologia grega com corpo peludo de homem, chifres e pés de cabra.

Diante do pedido de Usher, ajudei-o pessoalmente nos preparativos do sepultamento temporário. Já tendo o corpo sido colocado no caixão, nós dois sozinhos levamos o corpo a seu lugar de descanso. A câmara onde o depositamos (e que estivera fechada por tanto tempo que nossas tochas, quase sufocadas naquela atmosfera opressiva, quase não nos permitiam investigá-la) era pequena, úmida e sem nenhuma forma de entrada de luz. Ficava a uma grande profundidade, exatamente abaixo da parte da casa onde ficava meu quarto. Aparentemente, aquele lugar já havia sido usado, na remota época feudal, com o sinistro propósito de servir como uma masmorra e, atualmente, era provavelmente um depósito de pólvora ou qualquer outra substância altamente inflamável, visto que uma parte do piso e todo o interior do corredor abobadado que nos levara até ali foram cuidadosamente revestidos com cobre. A porta, de ferro maciço, tinha uma proteção semelhante. Seu imenso peso, ao mover-se sobre as dobradiças, produzia um chiado agudo e insólito.

Uma vez depositado o triste fardo sobre cavaletes, nesse lugar de horror, abrimos parcialmente a parte ainda não soldada do caixão e contemplamos o rosto da ocupante. Uma semelhança impressionante entre o irmão e a irmã atraiu minha atenção pela primeira vez, e Usher, talvez adivinhando meus pensamentos, murmurou algumas palavras que me fizeram entender que a morta e ele eram gêmeos e que sempre tinha existido entre os dois uma empatia quase incompreensível. Nossos olhares, contudo, não se demoraram muito tempo sobre o cadáver, porque não conseguíamos olhá-la sem espanto. A doença que havia tirado a vida daquela moça em plena juventude, como é normal em doenças de caráter estritamente cataléptico, deixara a ironia de um leve rubor sobre seu peito e seu rosto e aquele sorriso suspeito que permanecia em seus lábios e que é tão horrível na morte. Recolocamos a tampa no lugar e a parafusamos e, depois de fechar a porta de ferro, seguimos, com esforço, em direção aos quartos um pouco menos melancólicos da parte superior da casa.

Mas, depois de alguns dias de sofrimento, uma mudança perceptível surgiu nas características do distúrbio mental de meu amigo. Seus hábitos haviam desaparecido. Negligenciava ou se esquecia das coisas com as quais ele costumava se ocupar. Ele vagava, de aposento em aposento, com passos apressados, irregulares e sem objetivo. Seu semblante assumiu, se é que isso era possível, um matiz ainda mais pálido, e a luminosidade dos olhos desapareceu por completo. O tom rouco que às vezes observava em sua voz não foi mais ouvido, e as falas eram trêmulas, como se ele estivesse extremamente horrorizado. Houve vezes em que achei que sua mente agitada e sem descanso estava lidando com algum segredo opressivo e que tinha dificuldade em conseguir a coragem necessária para divulgá-lo. Outras vezes, me via obrigado a reduzir tudo às meras e inexplicáveis divagações da loucura, pois via meu amigo contemplar o vazio por horas inteiras, com profundíssima atenção, como se ouvisse algum som imaginário. Não era de admirar que seu estado me aterrorizasse – e que terminasse por me contaminar. Sentia rastejar ao meu redor, a passos lentos e certeiros, as influências brutas de suas superstições fantásticas e impressionantes.

Foi, particularmente, ao me recolher ao leito, na sétima ou oitava noite após termos colocado o corpo de lady Madeline na masmorra, que senti o poder total daquelas sensações. O sono não se aproximava de minha cama, enquanto as horas passavam. Tentei ser racional com relação ao nervosismo que tomava conta de mim. Tentei acreditar que boa parte, senão tudo o que eu sentia, devia-se à influência da mobília mórbida do quarto – das tapeçarias escuras e esfarrapadas que, sacudidas por uma tempestade que se aproximava, dançavam de um lado para o outro sobre a parede e sussurravam desconfortavelmente sobre os adornos da cama. Mas meus esforços foram em vão. Um temor irreprimível foi, aos poucos, tomando conta de mim e, por fim, instalou-se sobre meu próprio coração um íncubo, o peso de um alarme totalmente infundado. Tentei sacudi-lo, arfando com dificuldade, ergui a cabeça dos travesseiros e olhei determinado para dentro da escuridão do quarto; e então ouvi – não sei como, talvez uma força instintiva tenha me induzido a fazer aquilo – certos sons baixos e indefinidos que vinham em longos intervalos, através das pausas da tempestade, sem que eu soubesse de onde. Tomado por um intenso sentimento de horror, inexplicável, e, no entanto, insuportável, vesti-me rapidamente (porque senti que não conseguiria mais dormir aquela noite) e tentei sair da situação lastimável em que me encontrava, andando de um lado para o outro do quarto.

Havia dado poucas voltas quando um passo ligeiro nas escadas atraiu minha atenção. Reconheci então o passo de Usher. Um instante depois, ele deu uma batida suave na porta e entrou com uma lamparina. Seu semblante tinha, como de costume, uma palidez cadavérica, mas, além disso, havia em seus olhos uma espécie louca de alegria, uma histeria evidente em todo o seu comportamento. Seu jeito me amedrontou, mas qualquer coisa era preferível à solidão que havia suportado por tanto tempo. Assim, recebi sua presença até mesmo com certo alívio.

— Você ainda não viu? — perguntou bruscamente, depois de olhar ao redor, em silêncio, por alguns momentos. — Não viu? Pois aguarde, que verá! — E dizendo isso, protegeu cuidadosamente a lâmpada, correu em direção a uma das janelas e a escancarou para a tempestade.

A fúria impetuosa da tempestade que invadiu o quarto quase nos ergueu do chão. Sem dúvida, era uma noite tempestuosa, mas terrivelmente bela, e estranhamente singular em sua mistura de terror e beleza. Um redemoinho havia, aparentemente, se formado em nossa vizinhança, porque o vento mudava de direção violentamente e a densidade extrema das nuvens (que estavam tão baixas que quase batiam nas torres da casa) não nos impediu de perceber a velocidade com que deslizavam, vindas de todos os pontos e misturando-se umas às outras, sem se afastarem. Digo que nem a densidade excessiva delas nos impediu de perceber isso. Entretanto, já não conseguindo avistar a lua e as estrelas, não se via nenhum clarão de relâmpago.

Mas as superfícies inferiores das grandes massas de vapor agitado, assim como todos os objetos terrestres que nos rodeavam, resplandeciam à luz sobrenatural de uma exalação gasosa, levemente luminosa e claramente visível que subia pela casa e a encobria como uma mortalha.

— Você não deve... você não *pode* olhar para isso! — eu disse, tremendo, para Usher, enquanto o conduzia, com gentileza, da janela à poltrona.

Essas aparições que o desorientam são meros fenômenos elétricos normais – ou talvez tenham sua origem horrenda no fétido miasma do lago. Fechemos essa janela – o ar está gelado e é perigoso para o seu estado. Aqui está um dos seus romances favoritos. Eu vou lê-lo e você deverá me ouvir – desse modo, sobreviveremos juntos a essa noite terrível.

O volume antigo que havia escolhido era *O Louco Triste*, de Sir Lancelot Canning; mas havia dito que era o favorito do Usher mais por um triste gracejo que por sinceridade, pois, na verdade, há poucas coisas em sua prolixidade sem refinamento e sem imaginação que pudessem interessar a imaginação elevada e espiritual de meu amigo. Contudo, era o único livro que tinha à mão, e eu tinha a vaga esperança de que a excitação que agitava agora o hipocondríaco pudesse encontrar alívio (já que a história dos distúrbios mentais é repleta de anomalias similares) mesmo com uma tolice tão extrema quanto a que leria. A julgar pelo ar cheio de vivacidade com que ele escutava – ou aparentemente escutava – a história, eu poderia me parabenizar pelo sucesso de meu plano.

Eu tinha chegado à parte conhecida da história onde Ethelred, o herói de *O Louco*, tendo tentado em vão se instalar pacificamente na casa do eremita, decide entrar à força. Aqui, as palavras da narrativa são estas:

"E Ethelred, que, por natureza, tinha um coração valente, e agora sentia-se fortalecido, graças ao poder do vinho que havia bebido, não esperou mais para argumentar com o eremita – o qual, na verdade, era de índole obstinada e maligna; mas, sentindo a chuva sobre seus ombros e temendo os sons da tempestade, levantou a clava e, com golpes, abriu rapidamente um caminho na madeira das portas para sua mão guarnecida de manopla; e, então, puxando-a com força, rachou-a, quebrou-a e destroçou-a de tal forma que o ruído da madeira seca e oca ressoou por todo o bosque".

Ao fim desta frase sobressaltei-me e, por um momento, fiz uma pausa; porque a mim me pareceu (ainda que já houvesse concluído que meu imaginário agitado havia me enganado), a mim me pareceu que, de alguma parte remota da mansão, chegava indistintamente aos meus ouvidos o que poderia ter sido, por sua exata semelhança, o eco (mas, certamente, um eco abafado e baixo) do som de arrombamento e quebra que Sir Lancelot havia descrito com tanto detalhe. Foi, sem dúvida, somente a coincidência que atraiu a minha atenção, já que, em meio ao barulho das vidraças nos batentes, combinado com o barulho da tempestade que só aumentava, não havia nada que teria me interessado ou incomodado no som. Continuei a história:

"Mas o bom herói Ethelred, que agora já passava pela porta, ficou extremamente furioso e surpreso ao não encontrar nenhum sinal do malvado eremita e encontrar, no lugar dele, um dragão de aparência medonha, coberto de escamas e com língua de fogo, que permanecia de guarda diante de um palácio de ouro com piso de prata; e do muro, pendia um escudo de bronze reluzente com esta legenda:
Quem aqui entrar, conquistador será;
Quem matar o dragão, o escudo ganhará.

E Ethelred levantou sua clava e golpeou na cabeça o dragão, que caiu aos seus pés e lançou seu último grito com um rugido tão horrendo e áspero, e tão forte, que Ethelred tapou os ouvidos com as mãos para se proteger daquele som horrível – um ruído como nunca antes tinha ouvido."

Aqui parei bruscamente mais uma vez, e agora, com um sentimento de violento assombro, porque não podia duvidar que, desta vez, tinha ouvido *realmente* (ainda que me parecesse impossível dizer de que direção vinha) um grito ou um rangido – um ruído insólito, sufocado e aparentemente distante, porém áspero e prolongado, a réplica perfeita do que minha imaginação havia produzido como o grito sobrenatural do dragão, tal como descrito pelo escritor.

Oprimido, como certamente me encontrava, pela ocorrência dessa segunda e mais extraordinária coincidência, e por mil sensações contraditórias, nas quais se destacavam a perplexidade e o terror ao extremo, guardei presença de espírito suficiente para não excitar, com nenhuma observação, a sensibilidade de meu amigo. Não tinha certeza de que ele havia percebido aqueles sons, ainda que, nos últimos minutos, demonstrasse uma evidente e estranha mudança de comportamento. Sentado à minha frente, ele havia girado gradualmente sua cadeira, de modo a contemplar a porta do quarto; e assim, eu só podia ver parte de suas feições, embora percebesse que seus lábios tremiam, como se estivessem murmurando algo inaudível. Sua cabeça estava caída sobre o peito, mas eu sabia que não estava dormindo, porque, olhando-o de perfil, percebi que seus olhos estavam arregalados e fixos. O movimento do corpo também contradizia essa ideia, pois se mexia de um lado para o outro com um balanço suave, porém constante e uniforme. Depois de perceber rapidamente tudo isso, continuei a narrativa de Sir Lancelot, que prosseguia assim:

"E então o herói, depois de escapar da terrível fúria do dragão, lembrou-se do escudo de bronze e do encantamento quebrado, tirou o corpo do morto de seu caminho e avançou com valentia pelo pavimento de prata do castelo, até o muro onde ficava pendurado o escudo; este, na verdade, não esperou a aproximação de Ethelred e caiu a seus pés sobre o piso de prata, com um som estrondoso e retumbante."

Essas palavras haviam acabado de sair de meus lábios quando – como se realmente um escudo de bronze tivesse, naquele momento, caído com todo seu peso sobre um pavimento de prata – percebi um eco claro, profundo, um som de metal ressonante, porém sufocado. Incapaz de conter minha agitação, pus-me de pé rapidamente, mas o movimento uniforme de Usher permaneceu inalterado. Fui até a cadeira onde estava sentado. Seus olhos estavam baixos e fixos no vazio, e o rosto parecia estar petrificado. Porém, quando coloquei minha mão sobre seu ombro, um forte arrepio estremeceu seu corpo; um sorriso insalubre estremeceu seus lábios e percebi que falava em um murmúrio baixo, apressado e ininteligível, como se não percebesse minha presença. Inclinando-me sobre ele, bem perto, pude enfim captar o horrível significado de suas palavras.

— Não ouviu? Sim, eu ouço e tenho ouvido. Por muito... muito... muito tempo... por muitos minutos, muitas horas, muitos dias ouvi... mas não tive coragem.. Ai de mim, mísero e infeliz! Não tive coragem... *não tive coragem* de falar! Nós a colocamos viva no túmulo! Não disse que meus sentidos eram aguçados? Agora eu digo a você que ouvi seus primeiros movimentos, débeis, ao fundo do ataúde. Escuto-os há muitos, muitos dias e não tive coragem. *Não tive coragem de falar!* E agora... esta noite... Ethelred... há! Há! O arrombamento da porta do eremita, o grito de morte do dragão e o estrondo do escudo! Ou seja, o ruído do ataúde se quebrando, o ranger das dobradiças de ferro de sua prisão e seu caminhar pelas arcadas do calabouço, pelo corredor abobadado revestido de cobre! Oh, para onde devo fugir? Não estará aqui em breve? Não virá reprovar a minha pressa? Não são seus passos que ouço nas escadas? Não percebo a batida pesada e horrível de seu coração? INSENSATO!

E, nesse momento, pôs-se de pé num salto e gritou essas palavras, como se, nesse ato entregasse sua alma:

— INSENSATO! ESTOU LHE DIZENDO QUE ELA AGORA ESTÁ DO OUTRO LADO DA PORTA!

Como se a energia sobre-humana de sua afirmação tivesse a força de um encantamento, a porta enorme e antiga para a qual Usher apontava abriu lentamente, naquele instante, suas garras pesadas e negras. Foi obra de uma rajada de vento – mas ali, do outro lado da porta, *estava*, de fato, a figura alta e amortalhada da lady Madeline Usher. Havia sangue em suas roupas brancas e evidências de uma luta amarga em cada parte de seu corpo esquelético. Por um momento, permaneceu trêmula e balançando sobre o limiar da porta. Então, com um lamento baixo, desabou pesadamente sobre o corpo do irmão e, em sua agonia final, arrastou-o para o chão, morto, vítima dos terrores que havia previsto.

Fugi horrorizado daquele quarto e daquela mansão. A tempestade ainda caía com toda sua fúria enquanto eu atravessava a estrada. De repente, uma luz forte surgiu no caminho e virei-me para ver de onde poderia estar vindo aquele brilho tão incomum, já que só havia a casa e suas sombras atrás de mim. A luz vinha da lua cheia, de um vermelho escarlate, que brilhava vividamente através daquela rachadura que mencionei, outrora dificilmente discernível, e que se estendia do telhado da casa, em ziguezague, até o chão. Enquanto observava, a rachadura aumentou rapidamente. Dali veio um sopro forte do redemoinho, e toda a esfera do satélite irrompeu de uma vez diante de minha vista. Fiquei horrorizado ao ver que as grandes paredes desabavam. Pude ouvir o som de uma demorada e tumultuada gritaria, como se fosse o ruído de mil aguaceiros – e o lago profundo e gélido aos meus pés se fechou, de forma sombria e silenciosa, sobre os destroços da "Casa de Usher".

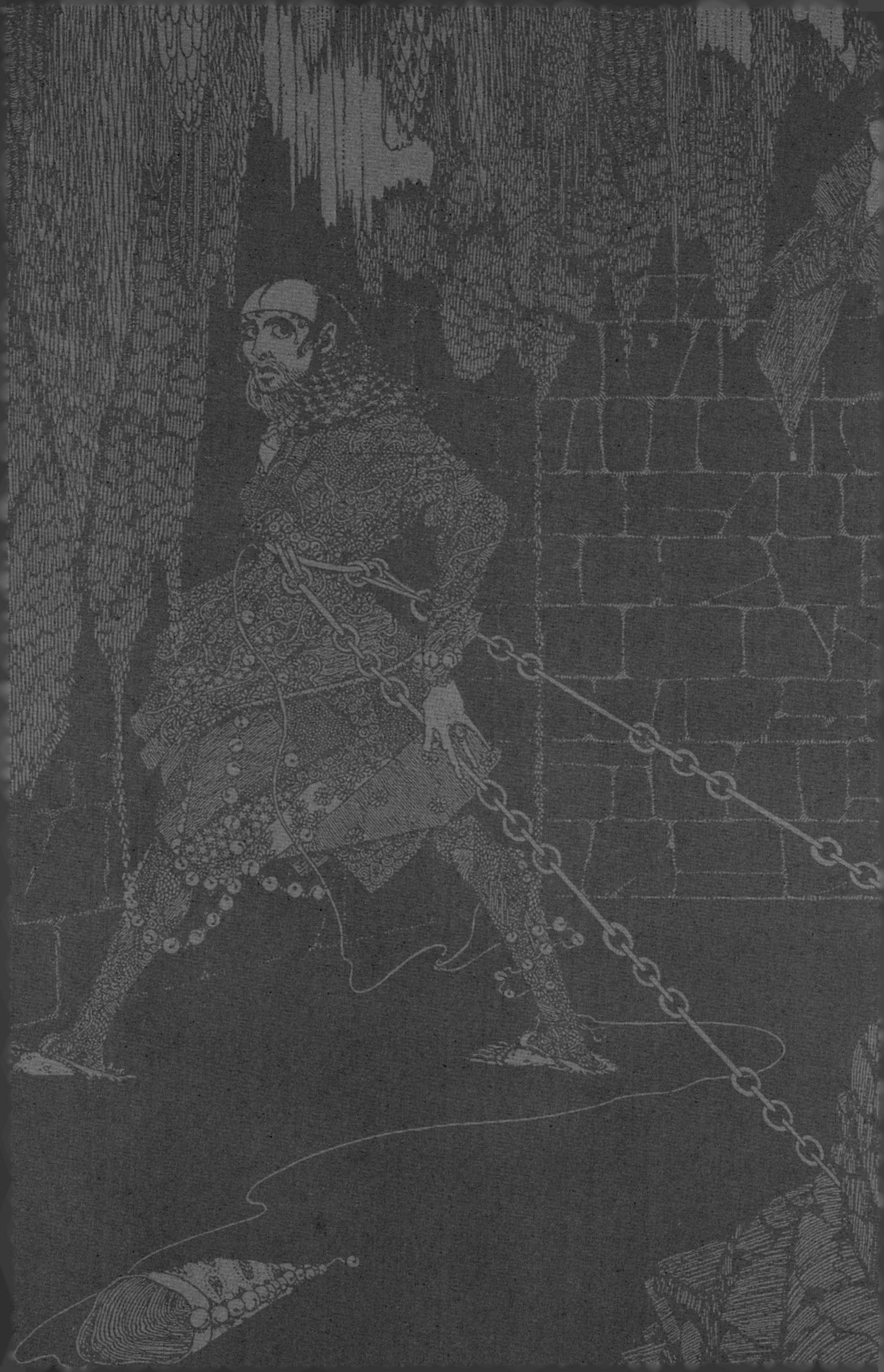

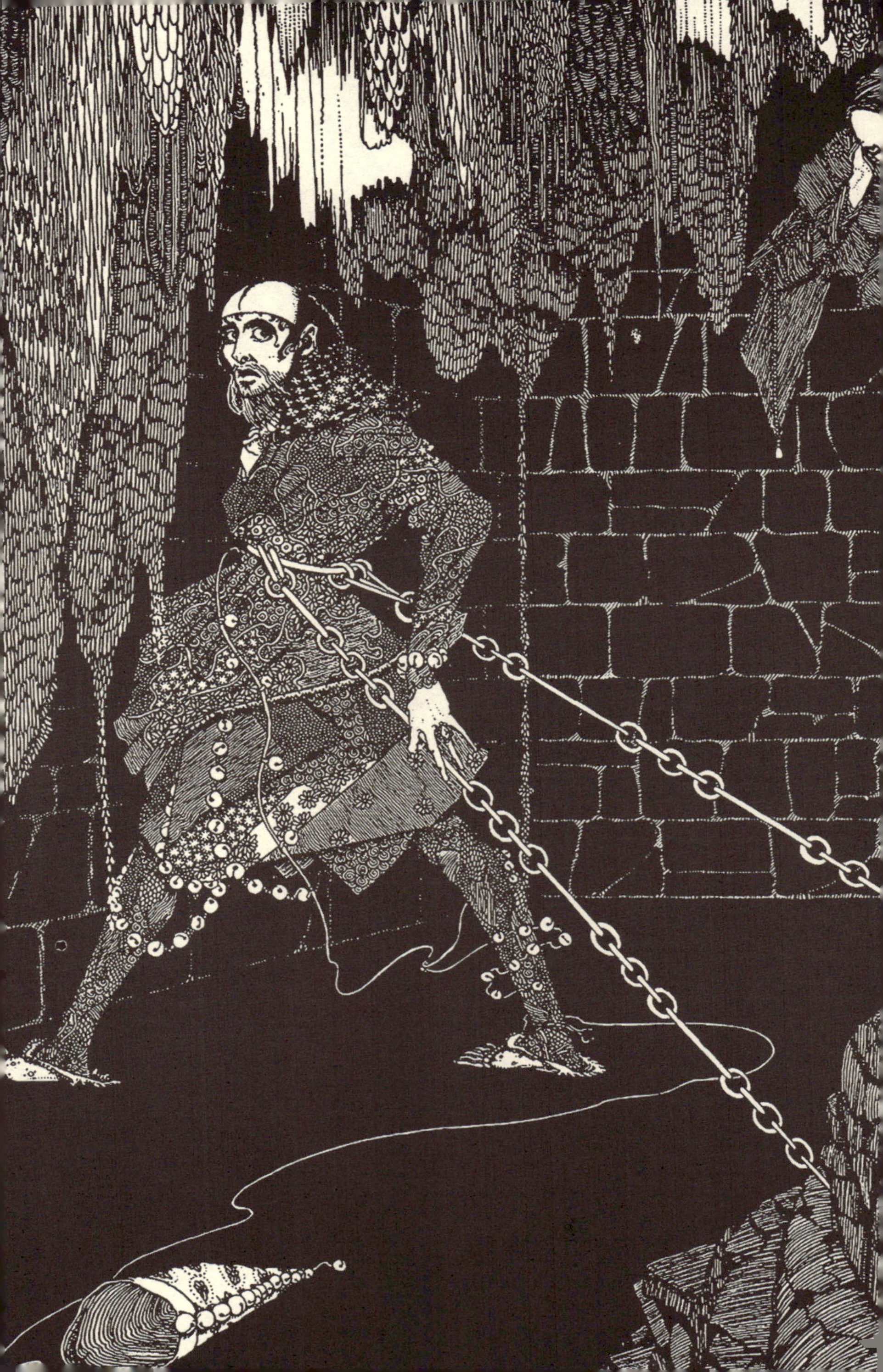

O Barril de Amontillado

1846

Neste conto, um narrador sem nome se vinga de seu amigo Fortunato, levando-o a uma adega subterrânea, com a desculpa de mostrar-lhe um barril de vinho raro. No entanto, o narrador trama para enterrar Fortunato vivo nas catacumbas para se vingar de uma ofensa anterior.

As mil ofensas de Fortunato, as suportei da melhor forma que pude. Mas quando ele se atreveu a me insultar, jurei vingança. Você, que conhece tão bem a natureza de minha alma, não há de supor, entretanto, que tenha dado voz a uma única ameaça. *Em algum momento,* eu seria vingado; isso era ponto pacífico – algo tão definitivamente decidido eliminava a ideia de risco. Eu não devo apenas punir, mas punir com impunidade. Um erro não é corrigido se o vingador é punido pela vingança. Da mesma forma, não é corrigido quando o vingador fracassa em se fazer sentir como tal por quem cometeu o erro.

Deve ficar claro que, nem pela palavra, nem pelo ato, dei a Fortunato motivo para duvidar de minha boa vontade. Continuei, como de costume, a sorrir para ele, e ele não percebeu que meu sorriso, *agora,* vinha da ideia de sua imolação.

Ele tinha um ponto fraco – o Fortunato –, embora em outros aspectos fosse um homem a ser respeitado e até mesmo temido. Ele se gabava de conhecer vinhos. Poucos italianos têm o verdadeiro espírito virtuoso. Na maioria das vezes, seu entusiasmo é adotado para servir ao momento e à oportunidade – para praticar alguma falseta sobre os milionários britânicos e austríacos. Na pintura e nas joias, Fortunato, assim como os compatriotas, era um charlatão – mas em matéria de vinhos antigos ele era sincero. Nesse aspecto, eu não diferia dele de forma significativa: eu era habilidoso nas safras italianas, e comprava grandes quantidades sempre que podia.

Era quase crepúsculo, em uma noite durante a loucura suprema da época de carnaval, quando encontrei meu amigo. Ele se aproximou de mim com uma simpatia excessiva, porque tinha bebido demais. O homem usava uma fantasia de bufão. Trajava uma roupa justa e listrada e, na cabeça, um chapéu cônico com guizos. Fiquei tão satisfeito por vê-lo que pensei que nunca mais deixaria de apertar a mão dele.

Eu lhe disse:

— Meu caro Fortunato, foi uma sorte encontrá-lo. Você hoje está surpreendentemente bem! Mas recebi um barril do que parece ser Amontillado, e tenho lá minhas dúvidas.

— Como? — disse ele. — Amontillado? Um barril? Impossível! E no meio do carnaval!

— Tenho minhas dúvidas — respondi. — E fui tolo o bastante para pagar todo o preço de um Amontillado sem consultá-lo sobre a matéria. Não conseguia encontrá-lo, e estava com medo de perder a barganha.

— Amontillado!

— Tenho minhas dúvidas.

— Amontillado!

— E tenho que esclarecê-las.

— Amontillado!

— Como você está ocupado, estou a caminho da casa do Luchesi. Se alguém tem instinto crítico, é ele. Ele me dirá.

— Luchesi não consegue discernir Amontillado de xerez.
— E ainda assim alguns tolos acham que o paladar dele se equipara ao seu.
— Venha, vamos lá.
— Para onde?
— Para seus porões.
— Meu amigo, não; não vou abusar de sua boa vontade. Percebo que você tem um compromisso. Luchesi...
— Não tenho nenhum compromisso. Vamos.
— Meu amigo, não. Não é o compromisso, mas o resfriado forte com o qual percebo que você está aflito. Os porões são insuportavelmente úmidos. Estão incrustrados de salitre.
— Vamos lá, mesmo assim. O resfriado não é nada. Amontillado! Você foi enganado. E quanto ao Luchesi, ele não consegue distinguir xerez de Amontillado.

Assim falando, Fortunato tomou-me pelo braço. Colocando uma máscara negra de seda e puxando o *roquelaire* para perto do corpo, permiti que ele me apressasse em direção a meu *palazzo*.

Não havia nenhum criado na casa; eles tinham escapado para festejar em honra à época. Eu tinha dito a eles que não deveria retornar até a manhã seguinte, e tinha dado ordens explícitas para que não deixassem a casa. Essas ordens seriam suficientes, eu bem sabia, para assegurar que todos desapareceriam imediatamente, tão logo eu virasse as costas.

Peguei das arandelas dois archotes, dei um a Fortunato, e o conduzi por vários conjuntos de salas até a arcada que levava aos porões. Passei por uma escada longa em caracol, pedindo a ele que fosse cauteloso enquanto me seguia. Em dado momento, chegamos ao pé da escada, e ficamos juntos no chão úmido das catacumbas dos Montresor.

Os passos de meu amigo eram vacilantes, e os guizos de seu chapéu tilintavam à medida que ele andava.

— O barril — disse ele.

— Está mais adiante — afirmei —, mas observe as teias brancas que brilham nas paredes dessa caverna.

Ele se virou em minha direção e olhou em meus olhos com duas órbitas opacas que destilavam a remela da intoxicação.

— Salitre? — ele perguntou pouco depois.

— Salitre — respondi. — Há quanto tempo você está com essa tosse?

— Cof! Cof! Cof! Cof! Cof! Cof! Cof! Cof! Cof! Cof!

Meu pobre amigo ficou impossibilitado de responder por vários minutos.

— Não é nada — disse por fim.

— Venha — eu chamei, decidido —, vamos voltar; sua saúde é preciosa. Você é rico, respeitado, admirado, amado; você é feliz, como um dia eu fui. Você é um homem que deixaria saudade. Para mim não há problema. Vamos voltar; você vai ficar doente, e eu não posso ser o responsável. Além disso, o Luchesi...

— Basta — ele disse. — A tosse não é grande coisa; não vai me matar. Não vou morrer de uma tosse.

— Verdade, verdade — respondi. — e, de fato, não tenho intenção de alarmá-lo à toa, mas você deveria usar de toda precaução. Um gole desse Medoc vai nos proteger da umidade.

E então dei um tapinha no gargalo de uma garrafa retirada de uma longa fileira de conterrâneas que descansavam sobre o mofo.

— Beba — eu disse, oferecendo a ele o vinho.

Ele o levou aos lábios com um olhar lascivo. Fez uma pausa e balançou a cabeça para mim com informalidade, com os guizos tilintando.

— Bebo — ele falou — àqueles que repousam ao nosso redor.

— E eu para que você tenha vida longa.

Ele pegou meu braço mais uma vez, e seguimos em frente.

— Esses porões — ele disse — são extensos.

— Os Montresor — respondi — eram uma família importante e numerosa.

— Como é mesmo o brasão da família?

— Um enorme pé humano de ouro, em um fundo azul celeste; o pé esmaga uma serpente enfurecida cujas presas estão enterradas no calcanhar.

— E o lema?

— *Nemo me impune lacessit*[2]

— Bom! — disse ele.

O vinho faiscava nos olhos dele e os guizos tilintavam. Até mesmo minha imaginação se aqueceu com o Medoc. Passamos por paredes de ossos empilhados, com pipas e tonéis misturados, até os recessos mais profundos das catacumbas. Parei mais uma vez, e dessa vez fui enfático e segurei Fortunato pelo braço, acima do cotovelo.

— O salitre! — eu disse. — Está vendo, ele aumenta. Pende como mofo nos porões. Estamos embaixo do leito do rio. As gotas de umidade pingam entre os ossos. Venha, vamos voltar antes que seja tarde demais. Sua tosse.

— Não é nada — disse ele. — Vamos em frente. Mas antes, outro gole do Medoc.

Abri um garrafão de De Grâve e o entreguei a ele. Ele o esvaziou de um só fôlego. Os olhos piscavam com uma luz violenta. Ele riu e atirou a garrafa para cima com um gesto que não entendi.

Olhei para ele com surpresa. Ele repetiu o movimento – um movimento grotesco.

— Você não compreende? — perguntou.

---

2. Ninguém me fere impunemente (N.T.)

— Não — respondi.
— Então você não é da irmandade.
— Como assim?
— Você não é maçom.
— Sim, sim — eu disse. — Sim, sim.
— Você? Impossível! Um maçom?
— Um maçom — respondi.
— Um sinal — ele disse. — Um sinal.
— Ei-lo — respondi, tirando uma espátula das dobras do meu *roquelaire*.
— Seu galhofeiro — ele exclamou, recuando alguns passos. — Mas vamos prosseguir até o Amontillado.
— Que assim seja — disse eu, recolocando a ferramenta sob a capa e mais uma vez oferecendo o braço a ele. Ele recaiu pesadamente sobre meu braço. Continuamos em nossa rota em busca do Amontillado. Passamos por uma cadeia de arcos baixos, descemos, atravessamos, e descendo outra vez, chegamos a uma cripta profunda, na qual a podridão do ar fazia com que nossos archotes mais brilhassem do que flamejassem.

No ponto mais remoto da cripta, aparecia outro espaço ainda menor. Suas paredes tinham sido cobertas com restos mortais, empilhados até o alto do porão, como nas grandes catacumbas de Paris. Três lados dessa cripta interior ainda estavam ornamentados dessa maneira. No quarto lado, os ossos tinham sido arrancados, e jaziam promiscuamente sobre o chão, formando uma pilha de bom tamanho em um ponto. Na parede assim exposta pelo deslocamento dos ossos, podíamos perceber que havia ainda outro recesso, com mais ou menos um metro de profundidade e uns noventa centímetros de largura, e cerca de dois metros de altura. Parecia não ter sido construído com um fim específico, mas simplesmente formava o espaço entre dois dos enormes suportes do teto das catacumbas, e tinha ao fundo uma das paredes circundantes de granito sólido.

Foi em vão que Fortunato, erguendo a tocha fraca, empenhou-se em espreitar a profundeza do recesso. A luz frágil não nos permitia ver o fim.

— Vá em frente — eu disse. — lá dentro está o Amontillado. Quanto ao Luchesi...

— Ele é um ignorante — interrompeu meu amigo, dando passos vacilantes para frente, enquanto eu o seguia bem de perto. Em um instante ele chegou à extremidade do nicho, e vendo seu progresso impedido pela rocha, ficou ali, desnorteado. No instante seguinte, eu o tinha agrilhoado ao granito. Na superfície dele, havia dois grampos de ferro, a dois pés de distância um do outro, na horizontal. De um deles saía uma pequena corrente; do outro, um cadeado. Depois de ter passado a corrente pela sua cintura, foi um trabalho de não mais que alguns segundos para prendê-lo. Ele estava embasbacado demais para resistir. Retirei a chave e saí do recesso.

— Passe a mão — eu disse — sobre a parede; você não conseguirá deixar de sentir o salitre. De fato, é bastante úmido. Mais uma vez, deixe que eu implore para que você retorne. Não? Então eu certamente terei de deixá-lo. Mas antes devo dar a você todas as pequenas atenções em meu poder.

— O Amontillado! — exclamou meu amigo, ainda não recuperado de sua perplexidade.

— É verdade — respondi. — O Amontillado.

Ao dizer essas palavras, ocupei-me da pilha de ossos das quais falei anteriormente. Atirando-os para o lado, logo revelei uma quantidade de pedras e argamassa. Com esses materiais e com a ajuda de minha espátula, comecei a subir, com muito vigor, uma parede na entrada do nicho.

Mal tinha assentado a primeira fileira da alvenaria quando descobri que a intoxicação de Fortunato tinha, em grande parte, desaparecido. A primeira indicação que tive disso foi um choro gemido baixo que vinha do fundo do recesso. Não era o choro de um homem bêbado. Então houve um longo e obstinado silêncio. Eu assentei a segunda fileira, e a terceira, e a quarta; e então ouvi a vibração furiosa da corrente. O ruído durou vários minutos, durante os quais, para que pudesse prestar atenção com a maior satisfação, interrompi meu trabalho e me sentei sobre os ossos. Quando, por fim, o tilintar cessou, continuei com a espátula e terminei sem interrupção a quinta, a sexta e a sétima fileiras. A parede estava agora quase na altura do meu peito. Fiz outra pausa, e segurando o archote acima do trabalho de alvenaria, lancei alguns raios débeis sobre a figura lá no interior.

Uma sucessão de gritos altos e estridentes, explodindo repentinamente da garganta da figura acorrentada, pareceu arremessar-me para trás com violência. Por um breve instante hesitei – eu estremeci. Desembainhei o espadim e com ele comecei a escarafunchar o recesso; mas a reflexão de um só instante me deixou tranquilo. Coloquei minha mão sobre a estrutura sólida das catacumbas e me senti satisfeito. Eu me aproximei novamente da parede; respondi aos gritos dele em volume e força. Fiz isso, e o clamor cessou.

Era agora meia-noite, e minha tarefa se aproximava do fim. Já tinha completado a oitava, a nona e a décima fileiras. Tinha terminado uma parte da décima primeira e última fileira; restava uma única pedra a ser encaixada e cimentada. Eu lutava contra o peso da pedra; coloquei-a parcialmente na posição destinada. Mas então veio do nicho uma risada baixa que me levantou os cabelos. Foi seguida por uma voz triste, que eu tive dificuldade em reconhecer como a do nobre Fortunato. A voz disse:

— Ha, Ha, Ha, He, He, He! Uma piada muito boa, de fato. Uma excelente galhofa. Nós vamos rir muito disso no *palazzo*. He, He, He! Tomando o nosso vinho. He, He, He!

— O Amontillado! — eu disse.

— He, He, He, He, He, He! Sim, o Amontillado. Mas não está ficando tarde? Não estarão esperando por nós no *palazzo*, a senhora Fortunato e os outros? Vamos embora.

— Sim — eu disse. — Vamos embora.

— Pelo amor de Deus, Montresor!

— Sim — eu disse. — Pelo amor de Deus!

Mas, ao proferir essas palavras, fiquei esperando em vão por uma resposta... Fui ficando impaciente. Chamei alto.

— Fortunato!

Nenhuma resposta. Chamei outra vez:

— Fortunato.

Ainda assim, nenhuma resposta. Enfiei um archote pela abertura restante e deixei que caísse lá dentro. E de lá veio em resposta apenas um tilintar de guizos. Meu coração ficou nauseado devido à umidade das catacumbas. Apressei-me para pôr um fim à minha tarefa. Forcei a última pedra para a sua posição; cimentei-a. Contra a nova alvenaria, reergui a antiga muralha de ossos. Pela metade de um século, nenhum mortal os perturbou. *In pace requiescat!*

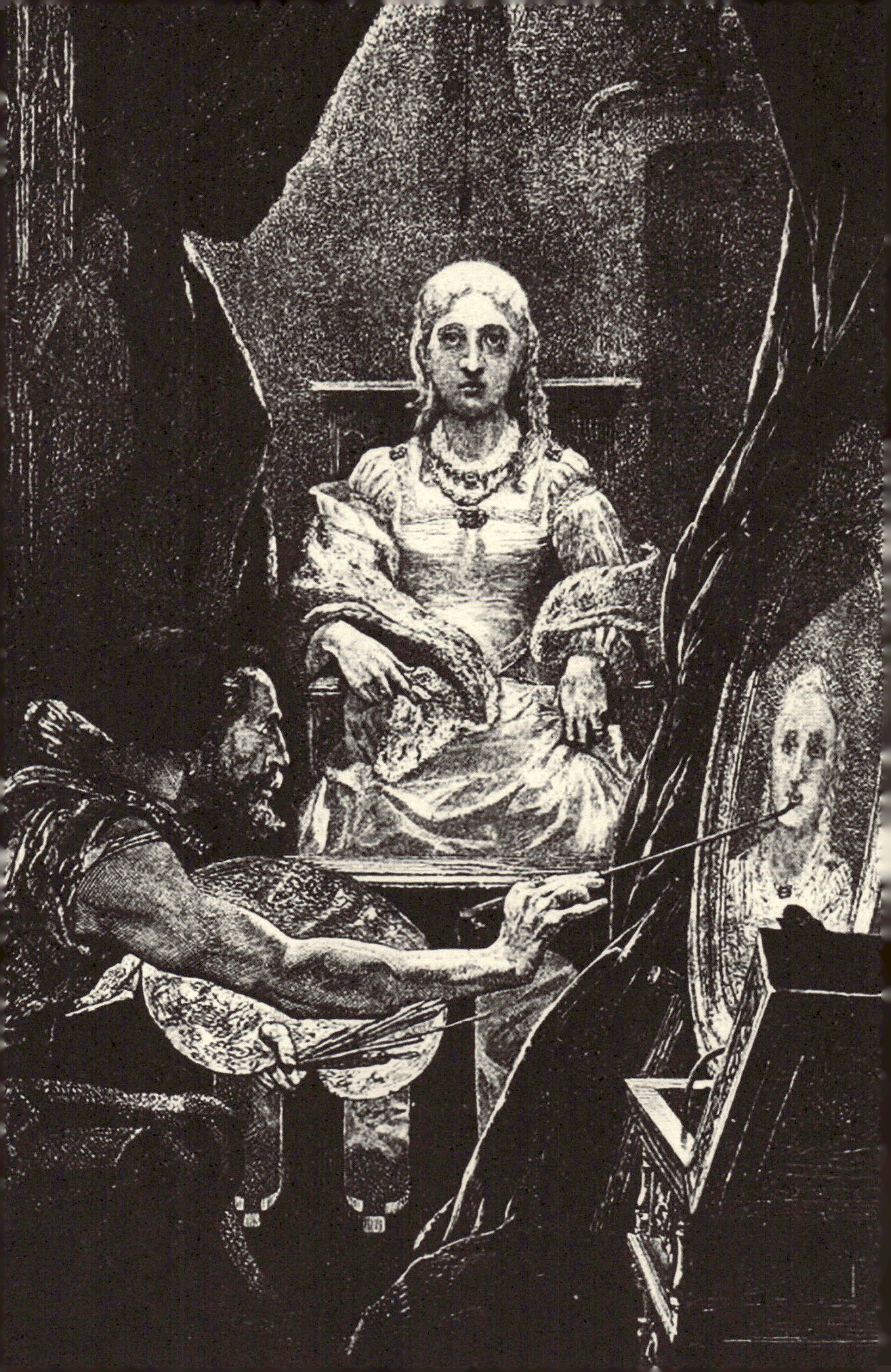

O Retrato Oval
1842

Este conto gótico conta a história de um homem em uma velha mansão abandonada que se depara com um retrato cativante. O ambiente sombrio casa cria uma atmosfera misteriosa à medida que o narrador desvenda a história por trás da pintura.

A Noiva

O castelo em que meu criado se aventurara a forçar a entrada, em lugar de me deixar passar a noite ao relento, gravemente ferido como me encontrava naquele momento, era uma daquelas construções misto de melancolia e grandiosidade que há muito lançam seu olhar severo por entre os Apeninos, não menos na realidade do que na imaginação da Sra. Radcliffe. Ao que parecia, fora temporária e muito recentemente abandonado. Estabelecemo-nos em um dos menores e menos suntuosamente mobiliados aposentos, localizado em uma torre remota do castelo. Sua decoração era rica, porém antiga e desgastada. As paredes estavam cobertas de tapeçarias e adornadas com múltiplos e multiformes troféus heráldicos, além de um número incomumente significativo de espirituosas pinturas modernas em molduras de ricos arabescos dourados. Nessas pinturas, que pendiam das paredes não apenas em suas superfícies principais, mas em muitos recantos que a arquitetura bizarra do castelo tornava necessária – nessas pinturas meu delírio incipiente, talvez, tenha me causado profundo interesse, de modo que mandei Pedro fechar as pesadas venezianas do quarto, visto que já era noite, acender as linguetas de um candelabro alto localizado junto à cabeceira da minha cama e escancarar as cortinas franjadas de veludo preto que envolviam o leito. Desejava que tudo isso fosse feito para que pudesse dedicar-me, se não a dormir, pelo menos alternadamente à contemplação daqueles quadros e à leitura de um pequeno volume que encontrara sobre o travesseiro e que se propunha a criticá-las e a descrevê-las.

Por muito e muito tempo, li – e devota e dedicadamente, observei. Rápida e gloriosamente as horas voaram e a meia-noite profunda chegou. A posição do candelabro me desagradava e, estendendo a mão com dificuldade, em vez de perturbar meu criado adormecido, posicionei-o de modo a lançar seus raios mais plenamente sobre o livro.

Mas a ação produziu um efeito totalmente imprevisto. Os raios das numerosas velas (pois eram muitas) recaíram sobre um nicho do quarto que até então estivera oculto sob a sombra de uma das colunas da cama. Assim, vi em luz vívida um quadro que antes não havia notado. Era o retrato de uma jovem que recentemente amadurecera. Olhei para a pintura apressadamente e, então, cerrei os olhos. Porque fiz aquilo não estava claro, nem mesmo em minha própria percepção. Mas, enquanto minhas pálpebras assim permaneciam, repassei em minha mente a razão de tê-las fechado. Foi um movimento impulsivo para ganhar tempo para pensar, para ter certeza de que minha visão não me enganara, para acalmar e subjugar minha fantasia para uma observação mais sóbria e segura. Em poucos momentos voltei a olhar fixamente para a pintura.

De que agora via bem, não podia – nem queria – duvidar, visto que o primeiro lampejo das velas sobre a tela parecia dissipar o estupor sonhador que se apoderava de meus sentidos e me despertar imediatamente para a realidade.

O retrato, como já disse, era o de uma jovem. A mera cabeça e ombros, feita no que é tecnicamente chamado de vinheta, muito ao estilo das cabeças favoritas de Sully. Os braços, o colo e até as pontas do radiante cabelo fundiam-se imperceptivelmente na sombra vaga, mas profunda, que formava o fundo do quadro. A moldura era oval, ricamente dourada e filigranada ao estilo mourisco. Como objeto de arte, nada poderia ser mais admirável do que aquela pintura. Mas não foi a concepção da obra, nem a beleza imortal do semblante que me comoveram tão repentina e veementemente. Tampouco minha fantasia, abalada de seu meio-sono, fizera-me confundir a cabeça com a de uma pessoa viva. Percebi imediatamente que as peculiaridades do desenho, da vinheta e da moldura dissipavam instantaneamente tal ideia e impediam até mesmo seu entretenimento momentâneo. Pensando seriamente sobre aqueles pontos, permaneci, talvez por uma hora, meio sentado, meio reclinado, com a visão cravada no retrato. Por fim, satisfeito com o verdadeiro segredo de seu efeito, recaí sobre a cama. Desvendara o encanto da imagem na expressão absolutamente realística, que, a princípio surpreendente, por fim me confundiu, subjugou e apavorou. Com profundo e reverente assombro, recoloquei o candelabro em sua posição anterior. A causa de minha profunda agitação sendo assim ocultada, procurei avidamente o volume que discutia as pinturas e suas histórias. Voltando-me para o número que designava o retrato oval, li as vagas e curiosas palavras que se seguem:

"Ela era uma donzela de rara beleza e não mais adorável do que cheia de alegria. E maldita foi a hora em que viu, amou e casou-se com o pintor. Ele, apaixonado, estudioso, austero, e já comprometido com sua Arte; ela uma donzela de rara beleza e não mais adorável do que cheia de alegria; toda luz e sorrisos, brincalhona como uma jovem corça; amando e valorizando todas as coisas; odiando apenas a Arte que era sua rival; temendo apenas o catre, os pincéis e outros instrumentos desagradáveis que a privavam da presença de seu amado. Foi, portanto, uma coisa terrível para esta senhora ouvir o pintor externar seu desejo de retratar a jovem noiva. Mas, sendo humilde e obediente, ela sentou-se mansamente por muitas semanas na escura e alta câmara da torre, onde a luz recaía do teto apenas sobre a tela pálida. Mas ele, o pintor, glorificava-se com seu trabalho, que se prolongava hora após hora, dia após dia. Era um homem apaixonado, impulsivo e temperamental, que se perdia em devaneios a ponto de não perceber que a luz que caía tão medonha naquela torre solitária debilitava a saúde e o ânimo de sua noiva, que visivelmente definhava aos olhos de todos, menos aos dele. No entanto, ela continuava sorrindo, sem reclamar, porque percebera que o pintor (que tinha grande fama) adquirira um prazer fervoroso e ardente em sua tarefa, trabalhando dia e noite para retratar aquela que tanto o amava, mas que, a cada dia, tornava-se mais fraca e desolada. E, de fato, alguns que contemplaram o retrato comentaram, em voz baixa, de sua semelhança com a de uma grande maravilha e uma prova não só do poder do pintor, mas de seu profundo amor por aquela que retratou tão extraordinariamente bem. Contudo, por fim, à medida que o trabalho se aproximava de sua conclusão, ninguém mais era admitido na torre, visto que o pintor havia enlouquecido com o ardor de seu trabalho e raramente desviava os olhos da tela, ainda que fosse para contemplar o semblante de sua esposa. Recusava-se a ver que as tintas que espalhava sobre a tela vinham das faces daquela que permanecia sentada ao seu lado. E quando muitas semanas se passaram e pouco restava a fazer, exceto algumas pinceladas na boca e no tom dos olhos, o espírito da dama novamente cintilou como a chama dentro do soquete de uma lâmpada. E, então, a pincelada foi aplicada, e então o tom foi ajustado e, por um momento, o pintor ficou extasiado diante da obra que concluíra. Mas, no momento seguinte, enquanto ainda a admirava, ficou trêmulo, muito pálido e horrorizado, clamando em alta voz: 'Esta é, de fato, a própria Vida!' Voltou-se repentinamente para olhar sua amada: estava morta!"

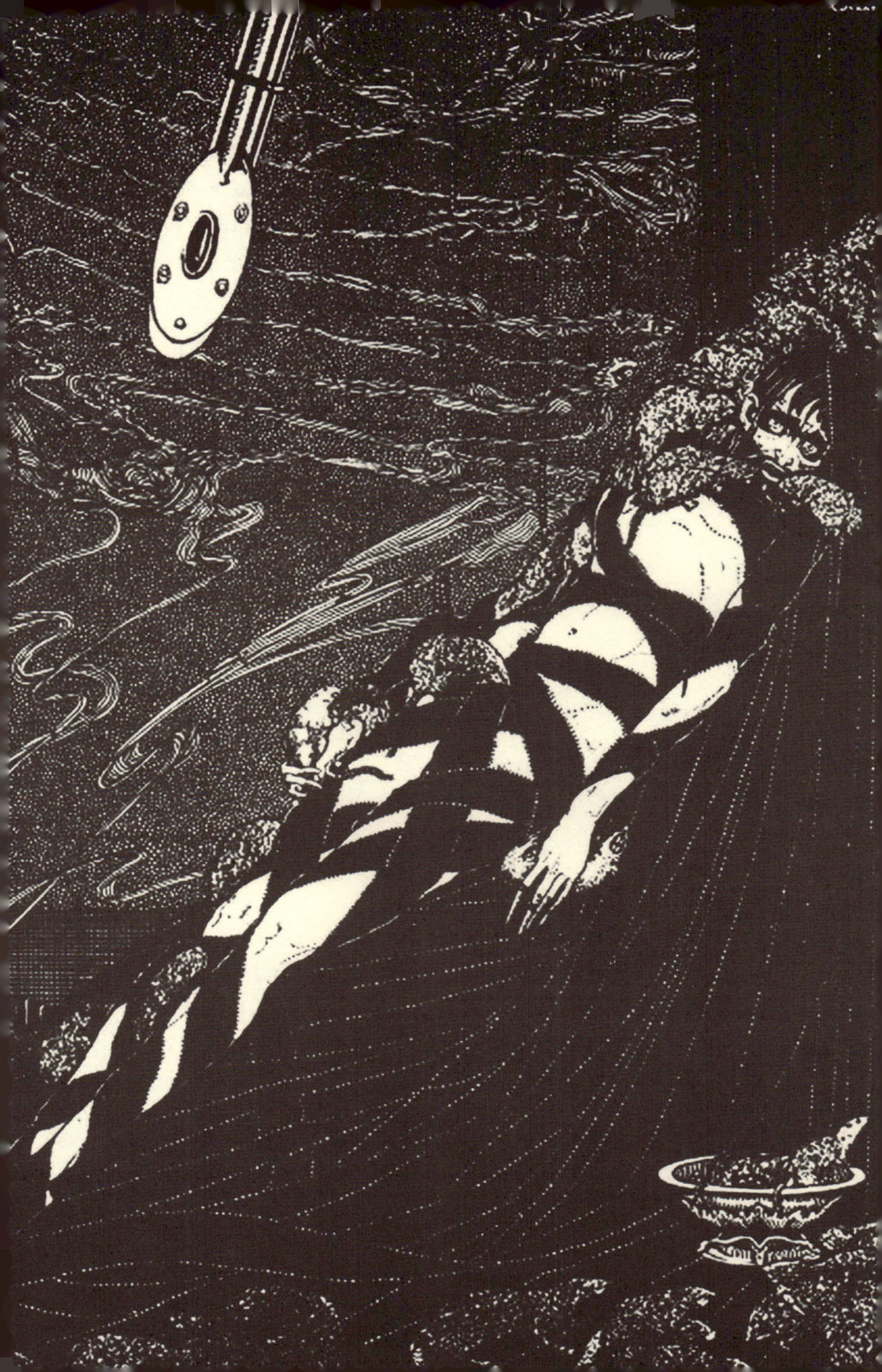

O poço e pêndulo
1842

Embora a maior parte da ação ocorra em uma masmorra, a história começa em uma sombria e ameaçadora mansão que serve como um cenário instigante para a narrativa. A casa representa um lugar de terror e tortura.

Eu estava esgotado – mortalmente esgotado com aquela longa agonia; e quando, finalmente, me desamarraram e me foi permitido sentar, senti que estava perdendo os sentidos. A sentença – a temível sentença de morte – foi o último enunciado distinto que chegou aos meus ouvidos. Depois disso, o som das vozes dos inquisidores parecia fundir-se num imaginário e indeterminado zumbido. Ele transmitia à minha alma a ideia de rotação, talvez por associá-lo, em minha imaginação, ao som estrídulo de uma roda de moinho. Isso se deu apenas por um breve período, porque, em seguida, não ouvia mais nada. Ainda, por um momento, eu via; mas com que terrível exagero! Eu via os lábios dos juízes em suas togas negras. Eles pareciam brancos para mim – mais brancos do que a folha onde escrevo estas palavras – e grotescamente finos; finos por suas expressões de firmeza, de implacável determinação e de rigoroso desprezo pelo sofrimento humano. Via que os decretos daquilo que para mim era o Destino, ainda estavam sendo proferidos por aqueles lábios. Via que se torciam com um vozear letal. Via-os formar as sílabas do meu nome; e estremecia, pois, o som não as seguia. Vi também, por alguns momentos de delirante horror, as suaves e quase imperceptíveis ondulações do tecido negro que recobria as paredes da sala. Depois, dirigi o olhar para as sete longas velas que estavam sobre a mesa. Inicialmente, elas exibiam o aspecto da caridade, e lembravam anjos brancos e esbeltos que me salvariam; a seguir, subitamente, a náusea mais mortífera recaiu sobre meu espírito e senti cada fibra do corpo vibrar como se eu tivesse tocado o fio de uma bateria galvânica, enquanto os vultos dos anjos se transformavam em aparições sem sentido, com cabeças de fogo, e eu percebia que deles não viria nenhum socorro. E então, penetrou a minha imaginação, como uma rica nota musical, o pensamento de como deveria ser doce descansar em um túmulo. O pensamento chegou suave e furtivamente, e parecia que um longo tempo havia transcorrido antes que conquistasse minha completa apreciação; mas, tão logo meu espírito começou, enfim, a senti-lo e entreter-se com ele, as figuras dos juízes desapareceram, como por encanto, da minha frente; as longas velas mergulharam no nada; suas chamas se extinguiram por completo; sobreveio o negror das trevas; todas as sensações pareciam tragadas de forma impetuosa como se a alma descesse ao Hades. Então, o universo era apenas silêncio, calmaria e noite.

Eu desmaiara, mas não vou dizer que havia perdido totalmente a consciência. O que restou dela não vou tentar definir, ou mesmo descrever; contudo, nem tudo estava perdido. No mais profundo sono – não! No delírio – não! Num desmaio – não! Na morte – não! Até no túmulo não está tudo perdido. Do contrário, não haveria imortalidade para o homem. Ao voltar do mais profundo dos sonos, rompemos a delicada teia de algum sonho. Porém, um segundo depois (por mais frágil que possa ter sido a teia), não nos recordamos de ter sonhado. No retorno à vida após o desmaio, há dois estágios: primeiro aquele da sensação de existência mental ou espiritual; segundo, aquele da sensação de existência física. Parece provável que se, ao atingir o segundo estágio, pudéssemos evocar as impressões do primeiro, acharíamos essas impressões eloquentes em memórias do outro lado do abismo. E esse abismo, o que é? Como podemos, enfim, distinguir sua sombra daquelas do túmulo? E, as impressões do primeiro estágio, quando não deliberadamente lembradas, voltam sem serem convidadas – mesmo após um longo intervalo –, enquanto tentamos imaginar, maravilhados, de onde teriam surgido? Aquele que nunca desmaiou não é a pessoa que enxerga estranhos palácios e rostos absurdamente familiares em brasas incandescentes; não é aquele que contempla tristes imagens flutuando no ar, que muitos não podem ver; não é quem pondera sobre o perfume de alguma flor desconhecida; nem é aquele que sente o cérebro ficar cada vez mais desconcertado com o significado de uma cadência musical que nunca antes despertara sua atenção.

Em meio às frequentes e cuidadosas tentativas de recordar, entre os intensos esforços para resgatar algum indício do estado de aparente anulação no qual minha alma havia entrado, houve momentos em que sonhei com o triunfo; houve breves períodos, muito breves, em que evoquei lembranças que a lúcida razão de uma época posterior provou serem relacionadas apenas àquela condição de aparente inconsciência. Esses vestígios de memórias falam, indistintamente, de figuras altas que se erguiam e me levavam, em silêncio, para baixo, para baixo – ainda mais para baixo – até que uma terrível vertigem me afligiu ao suscitar a ideia de que a descida poderia nunca ter fim. Falam também de um vago horror em meu coração, por causa da calmaria insólita desse mesmo coração. Depois, vem uma sensação de súbita imobilidade de todas as coisas, como se aqueles que me levavam (séquito espectral!) tivessem, em sua descida, superado os limites do ilimitado, e feito uma pausa em sua pesada tarefa. Em seguida, vem-me à mente a horizontalidade da superfície e a umidade; e, então, tudo é loucura – a loucura de uma memória que se agita entre coisas proibidas.

Subitamente, retornaram à minha alma o movimento e o som – o movimento tumultuoso do meu coração e, nos meus ouvidos, o som de suas batidas. Depois, uma pausa em que tudo se esvaziou. Em seguida, novamente o som, o movimento e o tato – uma sensação de formigamento penetrando meu corpo. Depois, a mera consciência da existência, sem pensamento – uma situação que durou muito tempo. Então, muito repentinamente, o pensamento, um estremecimento de terror, e um esforço árduo para compreender meu verdadeiro estado. Em seguida, um forte desejo de me entregar à insensibilidade. Depois, uma apressada reanimação da alma e um bem-sucedido esforço na execução de um movimento. E agora, a plena lembrança do julgamento, dos juízes, dos tecidos negros, da sentença, do mal-estar e do desmaio. Por fim, o completo esquecimento de tudo que se seguiu, de tudo que o transcorrer de um dia e o emprego de firmes esforços me permitiram recordar vagamente.

Até esse momento, eu não tinha aberto os olhos. Eu sentia que estava deitado de costas, desamarrado. Estiquei a mão e ela caiu pesadamente sobre algo úmido e duro. Deixei-a lá por muitos minutos, enquanto lutava para imaginar onde poderia estar e o que seria de mim. Eu ansiava por servir-me dos olhos, mas não tive coragem de fazê-lo. Temia meu primeiro olhar nos objetos que me rodeavam. Não que eu sentisse medo de ver coisas horríveis, mas me apavorava o receio de que não houvesse nada para ver. Finalmente, com temível desespero no coração, abri rapidamente os olhos. Meus piores pensamentos, então, estavam confirmados. O breu da noite eterna me circundava. Lutei para respirar. A intensidade da escuridão parecia me oprimir e sufocar. A atmosfera estava intoleravelmente sufocante. Permanecia inabalavelmente deitado, e esforcei-me para exercitar a razão. Trouxe à mente os procedimentos inquisitoriais, e tentei, a partir desse ponto, deduzir qual era a minha real condição. A sentença havia sido pronunciada, e parecia-me que um longo período de tempo transcorrera desde então. Contudo, em nenhum momento supus que estivesse realmente morto. Esse tipo de suposição, apesar do que lemos na ficção, é totalmente incompatível com a existência real; mas onde e em que estado eu me encontrava? Os condenados à morte, eu sabia, normalmente pereciam nos autos de fé, e um deles fora realizado precisamente na noite do dia de meu julgamento. Teria sido eu reconduzido ao calabouço para aguardar o próximo sacrifício, que só aconteceria dali a muitos meses? Isso, eu logo percebi que não poderia ser. As vítimas haviam sido imediatamente requisitadas. Além do mais, meu calabouço, assim como todas as celas dos condenados de Toledo, tinha o chão de pedras, e não era de todo privado de luz.

Agora, uma temível ideia, subitamente, impulsionava meu sangue em torrentes para o coração e, por um breve período, recaí outra vez na insensibilidade. Ao recobrar os sentidos, imediatamente pus-me de pé, tremendo convulsivamente em cada fibra. Lancei meus braços vigorosamente para cima e ao meu redor, em todas as direções. Não senti nada; ainda assim, temia dar um passo com receio de ir de encontro às paredes de um túmulo. O suor brotava de todos os poros, e grossas gotas frias se formavam em minha testa. A agonia do suspense tornou-se, enfim, insuportável, e eu cautelosamente me movi para frente com os braços estendidos e os olhos saindo das órbitas, na esperança de capturar alguma réstia de luz. Avancei vários passos, mas tudo era ainda escuridão e vazio. Respirei mais livremente. Parecia evidente que não era a minha, de qualquer forma, a pior das sinas.

Enquanto continuava, ainda, a avançar cautelosamente, invadiram-me a memória, em tropel, mil rumores vagos dos horrores de Toledo. Sobre aqueles calabouços, narravam-se estranhos acontecimentos – sempre os considerei fábulas, mas estranhos e assustadores demais para serem repetidos, exceto num sussurro. Teria sido eu abandonado para morrer de fome nesse subterrâneo mundo de trevas? Ou que outro destino, talvez ainda mais macabro, me aguardava? Que o resultado seria a morte, e uma morte mais cruel do que de costume, eu não duvidava, pois conhecia muito bem o caráter dos meus juízes. O método e a hora eram tudo que me ocupava ou distraía.

Minhas mãos estendidas, finalmente, encontraram um obstáculo sólido. Era uma parede, aparentemente de pedra – muito lisa, pegajosa e fria – acompanhei-a com passos cuidadosos e hesitantes, como me haviam inspirado algumas narrativas antigas. Esse processo, entretanto, não me forneceu meios de determinar as dimensões do calabouço, já que podia percorrer toda sua extensão e voltar ao ponto de partida sem me dar conta disso; tão perfeitamente uniforme parecia a parede. Assim sendo, procurei a faca que estava em meu bolso quando fora levado à sala inquisitorial; mas não estava lá; minhas roupas haviam sido substituídas por um camisolão áspero de sarja. Pensara em forçar a lâmina da faca em alguma pequena fissura da parede para demarcar meu ponto de partida. A dificuldade, contudo, era insignificante – embora, no início, a desordem da minha imaginação a fizesse parecer insuperável. Rasguei uma parte da bainha da minha veste e a estendi no chão, em ângulo reto com a parede. Tateando meu caminho pelo recinto, não poderia deixar de encontrar o retalho no final do circuito. Ao menos, era o que eu pensava, mas eu não contara com o tamanho do calabouço ou com minha própria debilidade. O chão estava úmido e escorregadio. Cambaleando, segui adiante um pouco até me desequilibrar e cair. A fadiga excessiva induziu-me a ficar deitado, e logo fui tomado pelo sono, naquela posição.

Ao despertar e esticar um braço encontrei ao meu lado um pão e um jarro de água. Estava fatigado demais para refletir sobre essa circunstância, mas bebi e comi com avidez. Pouco depois disso, recomecei meu percurso pela prisão e, andando com dificuldade, finalmente encontrei o fragmento de pano. Até o momento em que caí, eu havia contado cinquenta e dois passos, e, depois que retomei a caminhada, contei mais quarenta e oito antes de chegar ao retalho de pano. Havia ao todo cem passos, então, e, considerando dois passos para cada metro, deduzi que o calabouço tivesse um circuito de cinquenta metros. Deparei-me, todavia, com muitos ângulos na parede e, dessa forma, não conseguia adivinhar o formato da cripta; pois uma cripta era algo que eu não poderia deixar de supor que fosse.

Eu tinha pouco propósito e, certamente, nenhuma esperança nessas investigações, mas uma vaga curiosidade me impeliu a prosseguir com elas. Deixando de lado a parede, resolvi atravessar a área do recinto. No início, procedia com extremo cuidado, pois o chão, apesar de parecer de material bem sólido, era traiçoeiramente recoberto de limo. Afinal, tomei coragem e não hesitei em pisar com firmeza, tentando atravessá-lo o mais retamente possível. Já havia avançado uns dez ou doze passos assim, quando o retalho da bainha da minha veste se enroscou em minhas pernas. Tropecei nele e caí violentamente de bruços.

Na confusão que se seguiu à minha queda, não percebi de imediato uma circunstância um tanto alarmante, que, em poucos segundos, enquanto ainda jazia de bruços, chamou minha atenção. Era a seguinte: meu queixo estava apoiado no chão da prisão, mas meus lábios e a porção superior de minha cabeça, embora, aparentemente, menos elevados do que o queixo, não tocavam em nada. Ao mesmo tempo, minha testa parecia banhada por um vapor pegajoso, e um odor peculiar de fungos em decomposição penetrou minhas narinas. Estendi meu braço e estremeci ao perceber que havia caído bem na beirada de um poço circular, cuja profundidade não tinha meios de determinar naquele momento. Tateando a parede logo abaixo da borda, consegui remover um pequeno fragmento e soltá-lo no abismo. Por muitos segundos, acompanhei com meus ouvidos as reverberações de seus encontros com as paredes ao longo da queda; por fim, houve um sombrio mergulho na água, sucedido por ruidosos ecos. Nesse exato momento, ouvi um som que parecia a rápida abertura e o pronto fechamento de uma porta, enquanto um pequeno lampejo de luz que rompera a escuridão desaparecia da mesma forma que surgira.

Vi claramente o destino que havia sido preparado para mim e me regozijei com o oportuno acidente do qual escapara. Outro passo antes da minha queda, e o mundo não me veria mais. E a morte, há pouco evitada, tinha exatamente o caráter daquelas que eu considerava fantasiosas e frívolas nas histórias a respeito da Inquisição. Às vítimas de sua tirania, havia a opção da morte com suas medonhas agonias físicas, ou a morte com os mais perversos horrores morais. A mim, coube a última. O longo sofrimento debilitou meus nervos a ponto de eu tremer com o som da minha própria voz, e tornar-me, em todos os aspectos, a vítima certa para os tipos de tortura que me aguardavam.

Tremendo em cada membro, apalpei meu caminho de volta até a parede, decidindo morrer ali, em vez de arriscar-me nos terrores dos poços que minha imaginação agora espalhava por vários lugares do calabouço. Em outro estado de espírito, eu poderia ter tido a coragem de dar fim à minha miséria mergulhando de uma vez em um desses abismos, mas, nesse momento, eu era o mais completo covarde. Tampouco podia esquecer o que lera sobre esses poços – que a súbita extinção da vida não fazia parte de seus planos mais horripilantes.

A agitação do espírito manteve-me acordado por muitas longas horas, mas, enfim, caí no sono. Ao acordar, encontrei ao meu lado, como antes, um pão e um jarro de água. Uma sede desesperadora me consumia e, num só trago, esvaziei o recipiente. Devia conter alguma droga, pois, pouco depois de tê-la consumido, fiquei incontrolavelmente sonolento. Um sono profundo se abateu sobre mim – como o sono da morte. Quanto tempo durou, é claro, eu não sei, mas, novamente, quando abri os olhos, os objetos ao meu redor estavam visíveis. Graças a um extraordinário brilho sulfuroso, cuja origem não consegui determinar, pude enxergar a dimensão e o aspecto da prisão.

Estava muito enganado em relação a seu tamanho. O perímetro total de suas paredes não excedia vinte e cinco metros. Por alguns minutos, esse fato me causara um mundo de vãs preocupações – vãs, de fato! O que poderia ter menos importância, sob aquelas terríveis circunstâncias que me circundavam, do que as meras dimensões do meu calabouço? Mas minha alma concentrou, e muito, seu foco em coisas insignificantes, e eu me ocupei na tentativa de esclarecer o erro que havia cometido em minhas medições. A verdade, enfim, veio à luz. Na minha primeira tentativa de exploração, havia contado cinquenta e dois passos até o momento em que caí, eu devia estar a um ou dois passos do retalho de sarja, na verdade, eu havia quase terminado o circuito da cripta. Então, adormeci, e, ao acordar, devo ter refeito os mesmos passos de antes – o que me levou a acreditar que o circuito tinha o dobro de seu real tamanho. Minha confusão mental impediu-me de observar que havia iniciado o percurso tendo a parede do lado esquerdo, e terminado com a parede do lado direito.

Estava enganado também quanto ao formato do recinto. Ao tatear meu caminho, havia encontrado vários ângulos, e, por isso, inferido a ideia de grande irregularidade – tão poderoso é o efeito da treva sobre aquele que está despertando da letargia ou do sono! Os ângulos não eram nada além dos cantos de umas poucas depressões ou nichos, a intervalos variados. O formato geral da prisão era quadrado. O que eu tomara por alvenaria parecia agora ser ferro, ou algum outro metal, em enormes placas, cujas suturas ou junções ocasionavam as depressões. A superfície inteira desse recinto de metal estava toscamente pintada com todas essas imagens medonhas e repulsivas, às quais as superstições sepulcrais dos monges tinham dado origem. Figuras demoníacas em poses ameaçadoras, com formas de esqueleto, e outras imagens temíveis se espalhavam e desfiguravam as paredes. Observei que os contornos dessas monstruosidades eram suficientemente distintos, mas suas cores eram desbotadas e borradas, como que pelo efeito da atmosfera úmida. Agora notava também o chão, que era de pedra. Ao centro, escancarava-se a abertura circular do poço, de cujas mandíbulas eu havia escapado; porém, esse era o único que havia no calabouço.

Tudo isso, eu enxerguei indistintamente e com muito esforço – pois minha condição pessoal havia mudado muito durante o sono. Estava agora deitado de costas, com todo meu corpo estendido, sobre uma espécie de estrado baixo de madeira. Estava firmemente preso a ele por uma longa correia semelhante a uma sobrecilha. Ela dava muitas voltas sobre meus membros e corpo, deixando livres apenas minha cabeça e meu braço esquerdo, de modo que eu pudesse, empregando muita força, servir-me da comida de um prato de cerâmica colocado ao meu lado, no chão. Vi, para meu horror, que o jarro havia sido removido. Digo para meu horror, pois era consumido por uma sede insuportável. Essa sede parecia ser intencionalmente estimulada por meus perseguidores, pois a comida do prato era carne excessivamente temperada.

Olhando para cima, explorei o teto da minha prisão. Tinha uns dez ou doze metros de altura, e era construído de modo semelhante ao das paredes laterais. Em um de seus painéis, uma figura muito singular captou minha total atenção. Era uma pintura do Tempo como normalmente é representada, a não ser pelo fato de, no lugar de uma foice, segurar algo que, num primeiro olhar, supunha ser a imagem de um enorme pêndulo, como aqueles que vemos em relógios antigos. Havia algo, entretanto, na aparência daquele mecanismo, que me levou a olhá-lo mais atentamente. Enquanto o fitava diretamente lá no alto (pois estava posicionado exatamente acima de mim), imaginei tê-lo visto mover-se. Um instante depois, minha imaginação se confirmava. Seu balanço era curto e, obviamente, lento. Observei-o por alguns minutos com certo receio e alguma surpresa. Cansado, enfim, de observar seu monótono movimento, voltei os olhos para os outros objetos da cela.

Um leve ruído atraiu minha atenção e, olhando para o chão, vi ratos enormes atravessando-o. Tinham emergido do poço, que estava à minha vista, do lado direito. Mesmo enquanto os observava, eles subiam em bandos, apressadamente, com olhos esfomeados, atraídos pelo cheiro da carne. A partir desse momento, muito esforço e atenção da minha parte foram necessários para espantá-los.

Deve ter passado meia hora ou talvez uma (pois não podia ter uma noção precisa do tempo) antes que eu voltasse novamente os olhos para cima. O que vi me deixou confuso e perplexo. A amplitude do movimento do pêndulo havia aumentado em aproximadamente um metro. Como consequência natural disso, sua velocidade também era bem maior. Porém, o que mais me perturbava era a ideia de que ele havia perceptivelmente descido. Observava agora – é desnecessário dizer com que horror –, que sua porção inferior era formada por uma meia-lua de aço reluzente de cerca de trinta centímetros de comprimento de ponta a ponta; as extremidades apontavam para cima e o gume da parte inferior era tão afiado quanto o de uma navalha. Assim como uma navalha, o pêndulo parecia maciço e pesado, e ia afunilando-se em direção a uma estrutura sólida e ampla, acima. Estava preso a uma haste pesada de bronze, e o conjunto sibilava a cada oscilação pelo ar.

Não podia mais duvidar do destino preparado para mim pela inventividade dos monges no que diz respeito à tortura. Minha descoberta do poço havia chegado ao conhecimento dos agentes da inquisição – o poço, cujos horrores haviam sido destinados a um impertinente recusador como eu – um poço típico do inferno, considerado a última Thule de todas as suas punições. O mergulho nesse poço, eu tinha evitado pelo mais mero acidente, e sabia que a surpresa – ou cilada da tortura – era um elemento importante para esse cenário grotesco de mortes no calabouço. Tendo-me esquivado da queda, não era parte do plano demoníaco arremessar-me no poço; sendo assim (na ausência de outra alternativa), outra forma mais branda de destruição me esperava. Mais branda! Quase sorri em minha agonia ao pensar em tal uso desse termo.

De que adianta discorrer sobre as longas e longas horas de horror mais que mortal, durante as quais contava os apressados balanços do aço? Centímetro por centímetro, linha por linha, com a aproximação percebida apenas em intervalos que pareciam séculos, descia a lâmina! Dias se passaram – podem ter sido muitos – antes que ela balançasse tão perto, a ponto de me abanar com seu forte bafo. O odor do aço afiado invadia-me as narinas. Eu rezei. Fatiguei os céus com minha prece para que ela descesse mais rapidamente. Estava freneticamente enlouquecido, e lutava para fazer-me atingir pelo movimento da cimitarra. Então, subitamente, senti-me calmo. Imóvel, apenas sorria para a resplandecente morte, como sorri uma criança para um incomum penduricalho.

Seguiu-se mais um intervalo de absoluta insensibilidade – foi breve – quando estava novamente reanimado, não havia mais descidas perceptíveis do pêndulo. Mas pode ter sido longo, pois eu sabia que havia demônios que observavam meu desfalecimento e que podiam, com prazer, ter suspendido sua oscilação. Depois de recobrar os sentidos, sentia-me também – oh, tão doente e fraco que mal posso expressar –, como se tivesse passado por um longo período de inanição. Mesmo em meio às agonias do momento, a natureza humana suplicava por comida. Com um doloroso esforço, estiquei meu braço o mais distante que minhas correias permitiam e apossei-me dos restos que os ratos haviam deixado. Tão logo introduzi uma porção da comida entre meus lábios, um sentimento semipleno de alegria – de esperança – se formou em meu espírito. Afinal, o que poderia eu querer com a esperança? Era, como disse, um sentimento semipleno – os homens têm tantos desses que nunca se tornam plenos. Senti que era de alegria, de esperança, mas sentia também que tinha perecido durante sua formação. Em vão, tentei aperfeiçoá-lo, reconquistá-lo. O longo sofrimento tinha aniquilado todas as minhas faculdades comuns de pensamento. Era um imbecil, um idiota.

A oscilação do pêndulo se dava em ângulo reto em relação ao comprimento do meu corpo. Dado o meu posicionamento, percebia que a meia-lua deveria propositalmente atravessar a região do coração. Ela desgastaria a sarja de meu robe, recuaria e repetiria essa operação outra vez, e outra vez, e de novo. Não obstante a oscilação terrivelmente ampla (algo em torno de nove ou dez metros) e o assovio do vigor de sua descida, suficiente para cindir as próprias paredes de ferro da cripta, um estrago em meu robe seria tudo que ela faria durante vários minutos. E, com esse pensamento, permaneci. Não queria refletir sobre algo além desse ponto. Demorei-me nele com uma tenaz atenção, como se, ao fazer isso, pudesse cessar a descida da lâmina. Forcei-me a ponderar sobre o som que a meia-lua faria ao passar pela minha veste, sobre a arrepiante sensação peculiar que a fricção do tecido causa aos nervos. Ponderei sobre todas essas frivolidades até me rangerem os dentes.

Para baixo, ela se movia decididamente para baixo. Sentia uma desvairada alegria em comparar seu movimento descendente com sua velocidade lateral. Para a direita, para a esquerda, mais longe e mais perto, com o guincho de um espírito amaldiçoado; em direção ao meu coração com o passo furtivo de um tigre! Eu ria ou gritava alternadamente, de acordo com a ideia que predominava.

Para baixo, segura e implacavelmente para baixo! Ela oscilava a menos de dez centímetros do meu peito! Eu lutava energicamente, furiosamente para libertar o meu braço. Ele estava livre apenas do cotovelo até a mão. Eu podia alcançar o que estava no prato ao meu lado e levar até a boca, mas nada mais do que isso. Rompendo as amarras acima do cotovelo, eu poderia tentar agarrar o pêndulo e cessar seu movimento. Seria o mesmo que tentar deter uma avalanche.

Para baixo, ainda incessantemente, ainda inexoravelmente para baixo! Eu arfava e me debatia a cada oscilação. Meus olhos seguiam os movimentos de ida e de volta com a impaciência do insensato desespero; eles se fechavam espasmodicamente com sua descida, embora a morte soasse como um alívio – Oh! quão indescritível! Ainda tremia em cada nervo ao pensar em quão insignificante bastava ser o movimento descendente do mecanismo para precipitar aquele afiado machado sobre o meu peito. Era a esperança que fazia tremer meus nervos e encolher o corpo. Era a esperança – a esperança que triunfa sobre o suplício – que murmurava nos ouvidos dos sentenciados à morte, mesmo nas masmorras da Inquisição.

Vi que mais dez ou doze vaivéns poriam o metal em contato com meu robe, e com essa observação, repentinamente, meu espírito foi tomado de uma penetrante serenidade ante o desespero completo. Pela primeira vez em muitas horas – ou talvez dias – eu refleti. Ocorreu-me que a correia ou sobrecilha que me mantinha preso não tinha emendas, era uma peça única. O primeiro golpe transversal da lâmina sobre a amarra faria com que ela se rompesse e eu poderia soltá-la usando minha mão esquerda. Contudo, quão temível seria, nesse caso, a proximidade da lâmina! Quão mortal seria o resultado do mais sutil movimento! Seria verossímil que os subalternos do torturador não tivessem previsto essa possibilidade e se precavido contra ela? Qual seria a possibilidade de que a correia cruzasse meu coração bem no trajeto do pêndulo? Temendo perder minha leve e, aparentemente, última esperança, elevei a cabeça para ter uma visão nítida de meu peito. A sobrecilha cobria várias partes do meu corpo em todas as direções, exceto no caminho de destruição da lâmina. Mal havia devolvido minha cabeça novamente à sua posição original, quando lampejou em minha mente algo que não posso descrever melhor senão como a metade incompleta daquela ideia de libertação à qual me referira anteriormente e que vagava inconclusa e sem rumo por meu cérebro enquanto levava comida a meus lábios ressecados. A ideia, agora, estava presente em minha mente – fraca, pouco sensata, imprecisa –, mas ainda assim, inteira. Imediatamente, com a vigorosa energia do desespero, procedi à tentativa de pô-la execução. Fazia já algumas horas que as proximidades do estrado, sobre o qual estava deitado, estavam infestadas de ratos. Eles eram agressivos, ousados e vorazes; seus olhos vermelhos voltavam-se para mim, como se esperassem minha imobilidade para transformar-me em presa. "A que espécie de comida", pensei eu "eles teriam se acostumado, aqui no poço?"

Eles tinham devorado tudo, apesar de todos os meus esforços em evitá-lo, que o prato continha, exceto algumas sobras, que lá permaneciam. Eu havia adquirido o hábito de, continuamente, agitar a mão para lá e para cá ao redor do prato, mas a regularidade dos movimentos tornara inócua a ação. Em sua voracidade, os abjetos animais, constantemente, cravavam suas pontiagudas presas em meus dedos. Recolhi algumas poucas sobras da carne gordurosa e muito temperada que havia no prato, e as esfreguei energicamente por todas as partes da correia que eu podia alcançar; depois, retirando minha mão do chão, permaneci imóvel, praticamente sem respirar.

Inicialmente, os vorazes animais ficaram espantados e arredios por causa da mudança – da cessação do movimento. Eles recuavam, e muitos entravam no poço. Mas isso se deu por um curto tempo. Não fora em vão que eu tinha contado com a voracidade deles. Ao perceberem que eu continuava imóvel, um ou dois dos mais ousados pularam sobre o estrado e cheiraram a sobrecilha. Esse pareceu o sinal para a correria geral. Saindo do poço, vinham novos bandos. Eles se agarravam à madeira, corriam por ela e pulavam às centenas sobre meu corpo. O movimento cadenciado do pêndulo não os perturbava em nada. Desviando de seus golpes, eles se ocupavam da correia besuntada. Eles se espremiam e se amontoavam cada vez mais sobre mim. Eles se debatiam sobre o meu pescoço; sentia seus lábios frios tocando os meus; estava quase sufocando com a pressão dessa aglomeração; um asco, para o qual o mundo ainda não criara um nome estufava meu peito e enregelava meu coração com sua espessa viscosidade. Apenas mais um minuto, e eu sentia que a batalha chegaria ao fim. Percebi claramente o afrouxamento da correia. Sabia que, em mais de um ponto, ela já deveria estar rompida. Com uma obstinação sobre-humana, permaneci imóvel.

Não tinha nem errado meus cálculos, nem lutado em vão. Senti, enfim, que estava livre. A sobrecilha pendia do meu corpo em tiras. Mas o golpe do pêndulo resvalava no meu peito. Ele havia partido a sarja do meu robe e já havia atingido a camisa de linho logo abaixo. Mais duas vezes ele balançou e uma sensação aguda de dor se espalhou por cada nervo. Mas o momento de escapar havia chegado. Com um abano da minha mão, meus libertadores fugiram em tropel. Com um movimento seguro – cuidadoso, lateral, retraído e lento – eu me esquivei do abraço da correia e do alcance da cimitarra. Naquele momento, ao menos, estava livre.

Livre! – e nas garras da Inquisição. Eu nem bem havia deixado a horrenda cama de madeira para pôr-me de pé no chão de pedra da prisão, quando o movimento da diabólica máquina cessou e eu a vi ser recolhida, por alguma força invisível, para além do teto. Essa é uma lição que eu levei desesperadamente a sério. Cada movimento meu era, indubitavelmente, vigiado. Livre! Eu escapara da morte sob uma forma de agonia, para ser entregue a outra pior do que a morte. Com esse pensamento, girei meus olhos nervosamente pelas barreiras de ferro que me cercavam. Algo incomum, alguma mudança que eu não notara, inicialmente, de maneira clara, era óbvio, tinha ocorrido no ambiente. Durante vários minutos, absorto em um trêmulo devaneio, ocupei-me, em vão, de conjecturas desconexas. Nesse período, dei-me conta, pela primeira vez, da origem do brilho sulfuroso que iluminava a cela. Ele provinha de uma fissura de cerca de um centímetro e meio, que se estendia pelo perímetro da prisão na base das paredes, que pareciam, e estavam, completamente destacadas do chão. Eu tentei é claro, em vão, espiar através da abertura.

Quando me reerguia da tentativa, o mistério da alteração na câmara tornou-se imediatamente evidente. Eu observara que, apesar de os contornos das figuras nas paredes serem nítidos, as cores pareciam borradas e indefinidas. Essas cores haviam assumido, agora, e continuavam momentaneamente assumindo, um brilho mais assustador e intenso, que dava às imagens espectrais e diabólicas um aspecto capaz de fazer estremecer nervos mais firmes do que os meus próprios. Olhos de demônio, de uma vivacidade selvagem e perversa, me encaravam de todos os lados, onde nunca avistara nada, e cintilavam com o brilho lúgubre do fogo, o qual não podia considerar algo irreal.

Irreal! Quando eu respirava, chegava-me às narinas um cheiro do vapor de ferro aquecido! Um odor sufocante impregnava a prisão. Uma incandescência cada vez mais profunda se fixava nos olhos daqueles que fitavam minhas agonias! Um matiz mais forte de carmim difundia-se sobre os horrores de sangue ali representados nas pinturas. Eu ofegava! Arfava em busca de ar! Não pairava dúvida quanto às intenções de meus atormentadores – oh! mais impiedosos! oh! mais demoníacos dos homens! Recuei do metal incandescente em direção ao centro da cela. Em meio ao pensamento da ameaça de destruição pelo fogo, a ideia de frescor evocada pelo poço servia como um bálsamo para a minha alma. Aproximei-me apressadamente de sua mortal beirada. Olhei para o fundo com apreensão. O brilho do teto em chamas revelava todos os recantos. Outra vez meu espírito, por um instante, se recusava a entender o sentido do que via. E finalmente irrompeu – forçou seu caminho até minha alma – gravou com fogo minha mente trêmula. Oh! Se eu pudesse falar! – oh! horror! – oh! qualquer horror, menos esse! Com um grito, me afastei da margem e enterrei o rosto nas mãos, chorando amargamente.

O calor aumentou rapidamente, e novamente olhei para cima tremendo como num pico de febre. Houve uma segunda mudança na cela – dessa vez, a mudança era na forma. Como antes, foi em vão que tentei entender ou apreciar o que havia acontecido. Mas a dúvida não persistiu por muito tempo. A vingança dos inquisidores fora precipitada pelas minhas duas tentativas de fuga e não haveria mais gracejos com o Rei dos Terrores. A câmara, antes, era quadrada. Agora notava que dois de seus ângulos de ferro eram agudos – os outros dois, consequentemente, obtusos. A temível diferença logo aumentou, acompanhada por um ruído surdo ou um rangido. Em um instante o recinto tomou a forma de um losango. Mas a mudança não parava aí – e eu tampouco esperava ou desejava que parasse. Eu poderia ter arrastado as paredes até meu peito para usá-las como vestes da paz eterna. "Morte," eu disse, "qualquer morte, menos a do poço"! Tolo! Não deveria eu saber que dentro do poço estava o motivo pelo qual era impelido pelas paredes incandescentes de ferro? Poderia eu resistir a seu fulgor? Ou, então, poderia eu suportar sua pressão? E agora, cada vez mais achatado se tornava o losango, com uma rapidez que me impedia de continuar contemplando o fato. Seu centro, e, claro, sua porção mais larga posicionava-se sobre a abertura escancarada. Eu recuei, mas a pressão das paredes me empurrava para frente sem que eu pudesse resistir. Finalmente, de meu corpo queimado e contorcido, separavam-me apenas alguns centímetros de apoio para os pés no chão firme da prisão. Não combatia mais, mas a agonia da minha alma desafogou-se num derradeiro grito de desespero longo e alto. Senti que me desequilibrava sobre a borda. Desviei os olhos.

Houve um ruído discordante de vozes humanas. Depois, o soprar alto de muitas trombetas! E um forte estampido como de mil trovões. As paredes incandescentes recuaram. Um braço estendido agarrou-me enquanto eu tombava, quase desfalecido, para dentro do abismo. Era o general Lasalle. O exército francês entrara em Toledo. A Inquisição caíra nas mãos de seus inimigos.

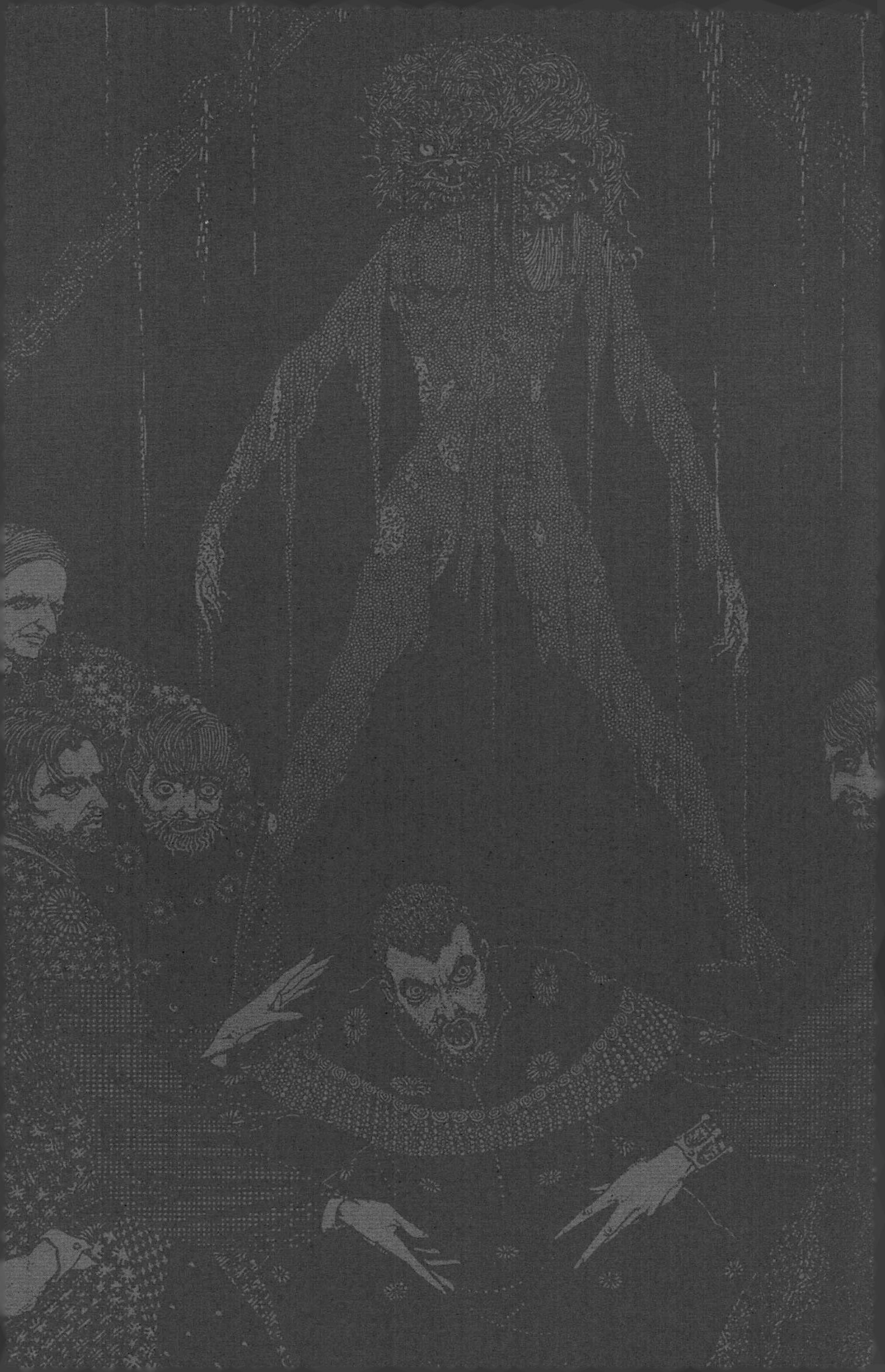

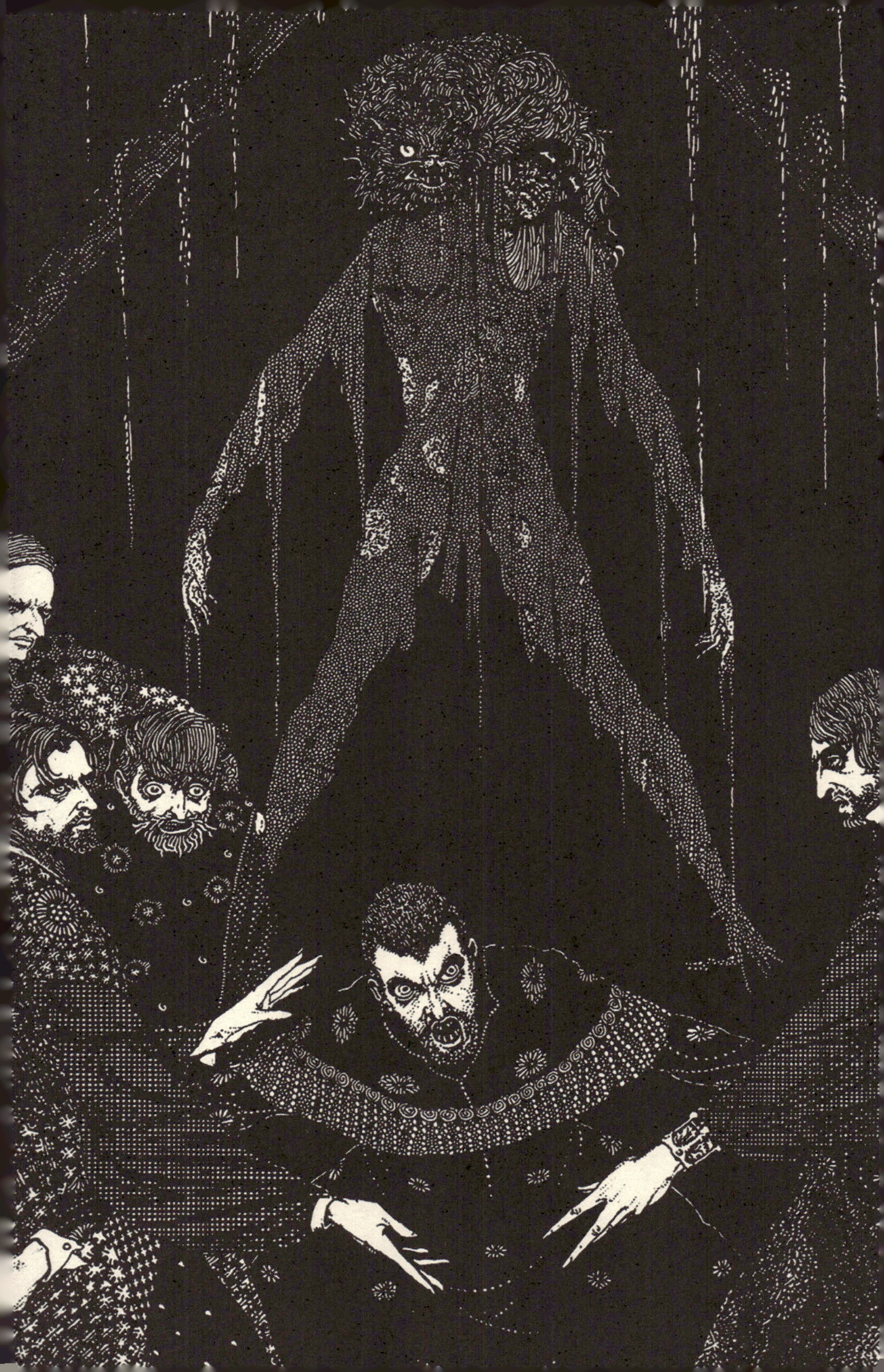

O Gato Preto
1843

Neste conto, o personagem principal relata sua descida à loucura. A história ocorre em sua casa, onde ele adota um gato preto que se torna símbolo do mal e da culpa. A casa se torna um local assustador, cheio de segredos e violência.

Não espero nem peço que acreditem neste relato estranho, porém simples, que estou prestes a escrever. Louco seria eu se o esperasse, em um caso onde meus próprios sentidos rejeitam o que eles mesmos testemunharam. Contudo, louco não sou – e com toda certeza não estou sonhando. Mas amanhã posso morrer, e quero hoje aliviar minha alma. Meu propósito imediato é apresentar ao mundo, de maneira clara e resumida, mas sem comentários, uma série de simples eventos domésticos. As consequências desses eventos me aterrorizaram, torturaram e destruíram. No entanto, não vou tentar explicá-los. Em mim, eles representaram pouco a não ser horror. Mas, para muitos, talvez pareçam menos repugnantes e mais barrocos. Quem sabe um dia alguma mente racional reduza meu fantasma a um lugar-comum – alguma inteligência mais serena, mais lógica e bem menos sensível que a minha, que há de perceber nas circunstâncias que relato com pavor nada mais do que uma sucessão comum de causas e efeitos muito naturais.

Desde a infância eu era notado pela doçura e pela humanidade de meu caráter. A ternura de meu coração era evidente, a ponto de fazer de mim objeto de gracejo de meus companheiros. Tinha uma afeição especial pelos animais, e fui mimado por meus pais com uma grande variedade de bichinhos de estimação. Passava a maior parte do meu tempo com eles, e nada me deixava mais feliz do que os alimentar e acariciar. Esse traço de meu caráter foi crescendo comigo, e, na idade adulta, fiz dele uma de minhas principais fontes de prazer. Àqueles que já experimentaram a afeição por um cão fiel e sagaz, dificilmente terei dificuldades em explicar a natureza ou a intensidade da satisfação que disso deriva. Há algo no amor abnegado e altruísta de um animal que fala diretamente ao coração daquele que tem a oportunidade frequente de provar da amizade desprezível e da frágil fidelidade do homem comum.

Casei-me cedo, e tive a sorte de encontrar em minha mulher uma disposição que não se contrapunha à minha. Ao observar minha queda por animais domésticos, não perdia a oportunidade de adquirir aqueles que mais me agradavam. Tivemos pássaros, peixinhos-dourados, um cão maravilhoso, coelhos, um pequeno macaco e um gato.

Este último era um animal notadamente grande e belo, todo preto, e espantosamente esperto. Quando falávamos de sua inteligência, minha mulher, que no fundo era um tanto supersticiosa, fazia frequentes alusões à antiga crença popular segundo a qual todos os gatos pretos seriam bruxas disfarçadas. Não que alguma vez ela tenha falado sério quanto a isso – e aqui aludi ao fato apenas por ter me lembrado dele nesse momento.

Plutão – esse era o nome do gato – era meu animal de estimação favorito e meu companheiro inseparável. Só eu o alimentava, e ele me seguia por toda a casa. Era difícil até mesmo impedir que me seguisse pelas ruas.

Nossa amizade durou, dessa maneira, por vários anos, durante os quais meu temperamento e meu caráter em geral – por obra da Intemperança demoníaca (e fico vermelho ao confessá--lo) – passou por uma alteração radical para pior. Tornei-me, dia após dia, mais melancólico, mais irritável, mais indiferente aos sentimentos alheios. Permitia-me falar de forma destemperada com minha esposa. E terminei por usar até mesmo de violência física. Meus animais de estimação, é claro, sentiram a mudança em minha disposição. Não apenas não lhes dava atenção alguma, como também os maltratava. Quanto a Plutão, entretanto, eu ainda conservava suficiente estima por ele para abster-me de maltratá-lo, como fazia sem nenhum escrúpulo com os coelhos, o macaco, e até mesmo com o cão, quando, por acidente ou por afeição, cruzavam meu caminho. Mas minha doença se agravava – pois qual doença se compara ao alcoolismo? – e, por fim, até mesmo Plutão, que agora estava ficando velho, e consequentemente um tanto rabugento –, até mesmo Plutão começou a sofrer os efeitos de meu temperamento perverso.

Uma noite, ao voltar para casa muito embriagado de uma de minhas andanças pela cidade, tive a impressão de que o gato evitava minha presença. Agarrei-o; foi quando, assustado com minha violência, ele me deu uma pequena mordida na mão. Uma fúria demoníaca possuiu-me no mesmo instante. Eu já não conhecia mais a mim mesmo. Meu espírito original pareceu, de repente, sair voando de meu corpo; e uma malevolência mais do que demoníaca, inflamada a gim, fez estremecer cada fibra de meu ser. Tirei do bolso do colete um canivete, abri-o, agarrei o pobre animal pela garganta e, deliberadamente, arranquei um de seus olhos da órbita! Eu coro, me consumo, estremeço enquanto relato a atrocidade abominável.

Quando a razão retornou com a manhã – quando já havia dissipado com o sono os vapores da orgia noturna –, senti um misto de horror e remorso pelo crime que havia cometido; mas foi, na melhor das hipóteses, um sentimento débil e confuso, pois minha alma permaneceu intocada. Mais uma vez mergulhei nos excessos, e logo afoguei no vinho todas as lembranças do feito.

Enquanto isso, o gato ia se recuperando pouco a pouco. A órbita do olho perdido exibia, é verdade, um aspecto assustador, mas ele não parecia mais sentir qualquer dor. Andava pela casa como de costume, mas, como era de se esperar, fugia aterrorizado quando eu me aproximava. Ainda restava muito de meu antigo coração para, de início, sentir-me magoado por essa evidente antipatia por parte do animal que um dia me amara tanto. Mas esse sentimento logo deu lugar à irritação. E então surgiu, como que para minha ruína final e irrevogável, o espírito da Perversidade. Esse espírito a filosofia não leva em consideração. Mas não estou mais certo de que minha alma vive quanto estou certo de que essa perversidade é um dos impulsos primitivos do coração humano – uma das faculdades, ou sentimentos, primárias e indivisíveis que dão direção ao caráter do homem. Quem já não se surpreendeu, centenas de vezes, cometendo um ato vil ou tolo por nenhuma outra razão a não ser porque sabia que não deveria cometê-lo? Não há em nós uma perpétua inclinação, que enfrenta nosso bom senso, a violar aquilo que é Lei, simplesmente porque entendemos que a estaremos violando? Esse espírito de perversidade, como já disse, veio para minha ruína final. Foi esse incomensurável anseio da alma de espezinhar a si mesma – de violentar sua própria natureza – de fazer o mal pelo único desejo de fazer o mal – que me motivou a continuar e finalmente consumar a maldade que tinha causado ao animal inofensivo. Uma manhã, a sangue frio, passei pelo pescoço do gato uma corda e o enforquei no galho de uma árvore – enforquei-o enquanto lágrimas escorriam de meus olhos, e com o remorso mais amargo em meu coração – enforquei-o porque sabia que ele tinha me amado e porque sentia que ele não tinha me dado motivo para agredi-lo – enforquei-o porque sabia que assim fazendo estava cometendo um pecado – um pecado mortal, que comprometeria então minha alma imortal e a colocaria – se tal coisa fosse possível – além do alcance da infinita misericórdia do Deus mais misericordioso e mais terrível.

Na noite do dia em que cometi essa crueldade, fui acordado por um grito de "Fogo!". As cortinas da minha cama estavam em chamas. A casa inteira ardia. Foi com grande dificuldade que minha mulher, uma criada e eu conseguimos escapar do incêndio. A destruição foi total. Toda a minha riqueza terrena fora consumida e, desde então, entreguei-me ao desespero.

Não sucumbirei à fraqueza de procurar estabelecer uma relação de causa e efeito entre o desastre e a atrocidade. Mas estou relatando uma cadeia de acontecimentos, e não quero deixar nem um único elo solto. No dia seguinte ao incêndio, visitei as ruínas. Todas as paredes, com exceção de uma, tinham desabado. A exceção era uma parede divisória, não muito espessa, que ficava mais ou menos no meio da casa, e contra a qual se recostava antes a cabeceira de minha cama. O reboco, em grande parte, tinha resistido à ação do fogo – fato que atribuí à aplicação recente. Em frente a essa parede, uma grande multidão estava reunida e muitas pessoas pareciam examinar uma porção dela em especial com toda minúcia e atenção. As palavras "estranho!", "singular!" e outras expressões similares despertaram minha curiosidade.

Aproximei-me e vi, gravado em baixo-relevo na superfície branca, a figura de um gato gigantesco. A impressão havia sido feita com uma precisão verdadeiramente assombrosa. Havia uma corda ao redor do pescoço do animal.

Quando contemplei pela primeira vez a aparição – pois não conseguia considerá-la como outra coisa –, minha admiração e meu terror foram extremos. Mas, com o passar do tempo, a reflexão veio em meu socorro. O gato, eu bem me lembro, tinha sido enforcado no jardim ao lado da casa. Com o alarme de incêndio, o jardim tinha sido imediatamente tomado pela multidão – e alguém ali presente deve ter retirado o animal da árvore e atirado, por uma janela aberta, para dentro de meu quarto. Isso, provavelmente, tinha sido feito com o intuito de me despertar. A queda das outras paredes deve ter comprimido a vítima de minha crueldade contra a massa do reboco recém-aplicado; a cal do reboco, juntamente com as chamas e o amoníaco da carcaça, devem ter produzido a imagem que eu acabara de ver. Embora dessa forma tenha prontamente satisfeito à minha razão, não posso dizer o mesmo quanto à minha consciência, pois o episódio estarrecedor que acabei de detalhar não falhou em deixar uma profunda impressão em minha imaginação. Por meses seguidos, não consegui me livrar do fantasma do gato; e, durante todo esse período, voltava ao meu espírito um meio sentimento que parecia – mas não era – remorso. Cheguei até a lamentar a perda do animal e a procurar, nos antros torpes que agora frequentava amiúde, por outro da mesma espécie e de aparência similar para substituí-lo.

Uma noite, quando estava sentado, já meio atordoado, em um antro mais do que infame, minha atenção foi repentinamente atraída para um objeto negro que repousava sobre um dos imensos barris de gim, ou de rum, que constituíam a mobília principal do ambiente. Eu vinha olhando para o alto daquele barril por alguns minutos, e o que agora me causava surpresa era o fato de não ter percebido antes o objeto que lá estava. Aproximei-me dele e o toquei com a mão. Era um gato preto – bem grande – tão grande quanto Plutão, e que se parecia muito com ele sob todos os aspectos, a não ser por um: Plutão não tinha um único pelo branco no corpo; mas esse gato tinha uma grande mancha branca, embora indefinida, que cobria quase toda a região do peito. Quando o toquei, ele se levantou imediatamente, ronronou alto, esfregou-se contra minha mão e pareceu satisfeito com minha atenção. Essa, então, era exatamente a criatura que eu vinha procurando. Logo me ofereci para comprá-lo do proprietário; mas ele respondeu que não era o dono – não sabia nada sobre ele – nunca o tinha visto antes. Continuei a acariciá-lo, e quando me preparei para voltar para casa, o animal pareceu disposto a me acompanhar. Permiti que o fizesse; vez ou outra me abaixava e o afagava enquanto caminhávamos. Quando chegamos em casa, familiarizou-se logo e tornou-se imediatamente o grande favorito de minha mulher.

De minha parte, logo senti nascer dentro de mim uma antipatia por ele. Isso era exatamente o reverso do que eu esperava. Não sei como ou por que aconteceu, mas a evidente afeição do gato por mim causava-me asco e me incomodava. Pouco a pouco, esses sentimentos de asco e incômodo evoluíram, até se transformarem na amargura do ódio. Eu evitava a criatura; um certo senso de vergonha e a lembrança do meu antigo ato de crueldade impediam que o maltratasse fisicamente. Por algumas semanas, não o maltratei ou usei de qualquer tipo de violência; mas, aos poucos – bem aos poucos –, passei a vê-lo com indizível aversão e a fugir em silêncio de sua presença odiosa, como se fugisse de uma peste. O que, sem dúvida, contribuiu para o meu ódio pelo animal foi a descoberta, na manhã seguinte a tê-lo trazido para casa, que, assim como Plutão, ele também tinha sido privado de um dos olhos. Essa circunstância, contudo, apenas o tornou mais estimado por minha mulher, que, como já havia dito, possuía, em alto grau, aquela humanidade de sentimentos que uma vez foi meu traço característico e a fonte de muitos de meus prazeres mais simples e mais puros.

Contudo, a afeição do gato por mim parecia aumentar na medida de minha aversão. Ele seguia meus passos com uma obstinação que seria difícil fazer o leitor compreender. Sempre que me sentava, ele se aninhava sob minha cadeira, ou saltava nos meus joelhos e me cobria com suas carícias repugnantes. Se me levantava para andar, ele se colocava entre meus pés e quase me derrubava, ou cravava as garras longas e afiadas em minha roupa e escalava, dessa maneira, até meu peito. Nesses momentos, embora desejasse destruí-lo com um só golpe, eu me abstinha de fazê-lo, em parte pela memória de meu crime do passado, mas principalmente – deixe-me confessá-lo de vez – por absoluto pavor do animal. Esse pavor não era exatamente um pavor pelo mal físico – e ainda assim eu não teria palavras para defini-lo de outra maneira. Fico quase envergonhado por admitir – sim, mesmo nessa cela de prisão, fico quase envergonhado por admitir – que o terror e o horror que o animal me inspirava tinham sido intensificados por uma das quimeras mais ordinárias que se poderia conceber. Minha mulher chamou-me a atenção, mais de uma vez, para a forma da marca de pelo branco da qual lhes falei anteriormente, e que constituía a única diferença visível entre o animal forasteiro e aquele que eu tinha destruído. O leitor há de se lembrar de que essa marca, embora grande, era indefinida no princípio; mas, aos poucos – em um grau quase imperceptível, e que por um bom tempo minha razão lutou para rejeitar como sendo fruto da minha imaginação –, a marca, com o passar do tempo, assumiu um contorno de rigorosa distinção. Era agora a representação de uma coisa que estremeço em nomear – e por isso, acima de tudo, eu abominava, temia e me livraria do monstro se pudesse me atrever – era agora, digo a vocês, a imagem de uma coisa horrível – de uma coisa medonha – a imagem do enforcamento! Ah, triste e terrível máquina do horror e do crime – da agonia e da morte!

E agora eu estava, de fato, miserável, para além da miserabilidade humana. E um animal, cujo semelhante eu tinha assassinado de uma forma tão desprezível, um animal causava a mim – a mim, um homem, feito à imagem e semelhança de Deus – tanto desgosto insuportável! Ai de mim! Nem de dia nem à noite eu conseguia mais a benção do repouso! Durante o dia, a criatura não me deixava sozinho por um único momento; e à noite, eu acordava, de hora em hora, com pesadelos aterrorizantes, para sentir em meu rosto o hálito quente da coisa – um pesadelo encarnado que eu não tinha forças para espantar – e todo o seu peso jazendo eternamente sobre meu coração!

Sob a pressão de tormentos como esses, os restos esfarrapados do bem que havia em mim sucumbiram. Pensamentos perversos tornaram-se meus únicos amigos íntimos – os pensamentos mais sombrios e mais perversos. O mau humor habitual de meu temperamento progrediu para o ódio. Ódio de todas as coisas e de toda a humanidade. Enquanto minha esposa, que de nada reclamava – ah, Deus! –, tornou-se a mais habitual e mais paciente vítima das explosões repentinas, frequentes e ingovernáveis de fúria às quais eu agora me abandonara cegamente.

Certo dia, ela me acompanhava, em algumas incumbências domésticas, ao porão da casa velha em que nossa pobreza nos obrigava agora a morar. O gato me seguia escada abaixo pelos degraus íngremes e, quase me fazendo cair de cabeça, levou-me à loucura. Levantei o machado e, esquecendo, em minha fúria, do pavor infantil que até agora vinha detendo minha mão, desferi um golpe no animal, que, por certo, teria sido instantâneo e fatal, se o tivesse acertado como eu desejava. Mas o golpe foi desviado pela mão de minha mulher. Incitado pela interferência a uma ira mais do que demoníaca, retirei a arma de seu alcance e enterrei o machado no cérebro dela. Ela caiu morta a meus pés, sem sequer gemer.

Levado a cabo o monstruoso assassinato, entreguei-me de imediato, e com toda determinação, à tarefa de ocultar o cadáver. Eu sabia que não poderia retirá-lo da casa, nem durante o dia nem à noite, sem correr o risco de ser observado pelos vizinhos. Vários projetos passaram pela minha mente. No primeiro momento, pensei em cortar o cadáver em pequenos pedaços e incinerá-lo. Depois, considerei cavar uma sepultura para ele no chão do porão. Em outro momento, pensei em atirá-lo no poço do jardim – ou em colocá-lo em um caixote, como se fosse uma mercadoria, tomando as medidas de costume, e então arrumar um carregador para tirá-lo da casa. Por fim, cheguei ao que considerei um expediente muito melhor do que todos os outros e decidi emparedá-lo no porão, assim como se dizia que os monges da Idade Média faziam com suas vítimas.

O porão era bem-adaptado a um propósito como este. As paredes eram construídas com material pouco resistente e tinham sido recém-rebocadas com um reboco rústico, que a umidade da atmosfera não permitiu endurecer. Além do mais, em uma das paredes havia uma saliência de uma falsa chaminé, ou lareira, que tinha sido preenchida e modificada para acompanhar o resto do porão. Não tive dúvida de que poderia retirar os tijolos daquele ponto com facilidade, colocar lá o cadáver e refazer a parede toda como antes, de modo que nenhum olho pudesse detectar nada suspeito.

E nesses cálculos não estava enganado. Com a ajuda de um pé-de-cabra, retirei com facilidade os tijolos e, tendo colocado o corpo cuidadosamente contra a parede interna, escorei-o naquela posição, enquanto, sem muita dificuldade, recolocava toda a estrutura como antes estava disposta. Depois de procurar por argamassa, areia e crina, com toda precaução, preparei uma massa que não se podia distinguir da antiga, e com ela fiz o novo trabalho de alvenaria. Quando terminei, fiquei satisfeito por tudo estar perfeito. A parede não apresentava o menor sinal de ter sido refeita. A sujeira do chão foi retirada com cuidado minucioso. Olhei ao redor triunfante, e disse a mim mesmo: "Então, pelo menos aqui, meu trabalho não foi em vão".

O próximo passo foi procurar a criatura que tinha sido a causa de tanta desgraça. Porque, depois de tudo, eu estava firmemente decidido a colocar fim à vida do animal. Se naquele momento o tivesse encontrado, não haveria dúvida quanto à sua sorte; mas, pelo visto, o animal ardiloso ficou alarmado com a violência de minha ira e absteve-se de se fazer presente diante de meu humor no momento. É impossível descrever ou imaginar a sensação profunda e maravilhosa de alívio que a ausência da criatura detestada causou em meu peito. Ele não apareceu naquela noite – e assim, por uma noite, pelo menos, desde que se introduziu na casa, dormi tranquilo e em paz. Sim, dormi, mesmo com o fardo do assassinato sobre minha alma!

O segundo e o terceiro dia se passaram, e meu atormentador ainda não aparecera. Mais uma vez, respirei como um homem livre. O monstro, aterrorizado, tinha fugido de casa para sempre! Eu não teria mais que olhar para ele! Minha felicidade era suprema! A culpa por meu ato sombrio perturbava-me pouco. Fizeram algumas perguntas, mas elas tinham sido prontamente respondidas. Fizeram até mesmo uma busca – mas, é claro, nada foi descoberto. Eu considerava garantida minha felicidade futura.

No quarto dia após o assassinato, um grupo de policiais bateu à minha porta, de forma bastante inesperada, e teve início uma nova e rigorosa investigação no local. Contudo, seguro quanto à impenetrabilidade do esconderijo, não me senti nem um pouco constrangido. Os oficiais me convidaram a acompanhá-los em sua busca. Não deixaram nenhum canto ou vão sem examinar. Por fim, pela terceira ou quarta vez, desceram ao porão. Não tremi um só músculo. Meu coração batia calmamente como o de alguém que dorme tranquilo. Andei pelo porão de um lado até o outro. Cruzei os braços sobre o peito e perambulei calmamente para lá e para cá. Os policiais estavam satisfeitos e já se preparavam para partir. O deleite em meu coração era forte demais para ser contido. Eu ardia para dizer-lhes ao menos uma palavra, como forma de triunfo e para confirmar outra vez que tinham certeza da minha inocência.

— Cavalheiros — eu disse por fim, enquanto o grupo subia os degraus —, fico feliz por haver eliminado suas suspeitas. Desejo a todos saúde e um pouco mais de cortesia. A propósito, senhores, esta é uma casa muito bem construída. — No afã de dizer alguma coisa com naturalidade, eu mal sabia o que estava dizendo.

— Devo dizer, uma casa de construção excelente. Essas paredes – vocês já estão indo, senhores? – essas paredes são bem sólidas. — E então, no frenesi de minhas bravatas, dei uma batida forte com a bengala que segurava nas mãos naquela parte da alvenaria atrás da qual estava o cadáver da mulher do meu coração.

Mas que Deus me proteja e me livre das garras do demônio! O eco de minha batida nem tinha acabado de soar quando uma voz respondeu de dentro da parede! Um gemido, de início abafado e entrecortado, como o soluçar de uma criança, que depois foi crescendo rapidamente e se transformou em um grito alto, agudo e contínuo, completamente anômalo e inumano – um uivo – um guincho de lamentação, metade de horror e metade de triunfo, como se tivesse vindo do inferno, de um esforço conjunto das gargantas dos condenados em sua agonia e dos demônios que se deleitam na danação.

Falar de meus pensamentos é tolice. Desfalecendo, cambaleei até a parede do lado oposto. Por um instante, o grupo na escada ficou paralisado, em um misto de extremo terror e estarrecimento. Em seguida, uma dúzia de braços corpulentos investia contra a parede, que veio abaixo. O cadáver, já bem decomposto e coberto de sangue coagulado, surgiu ereto diante dos olhos dos espectadores. Sobre a cabeça, com a boca vermelha escancarada e o olho solitário de fogo, estava sentada a criatura hedionda cujos ardis tinham me seduzido ao assassinato, e cuja voz delatora havia me condenado à forca. Eu tinha emparedado o monstro dentro da tumba!

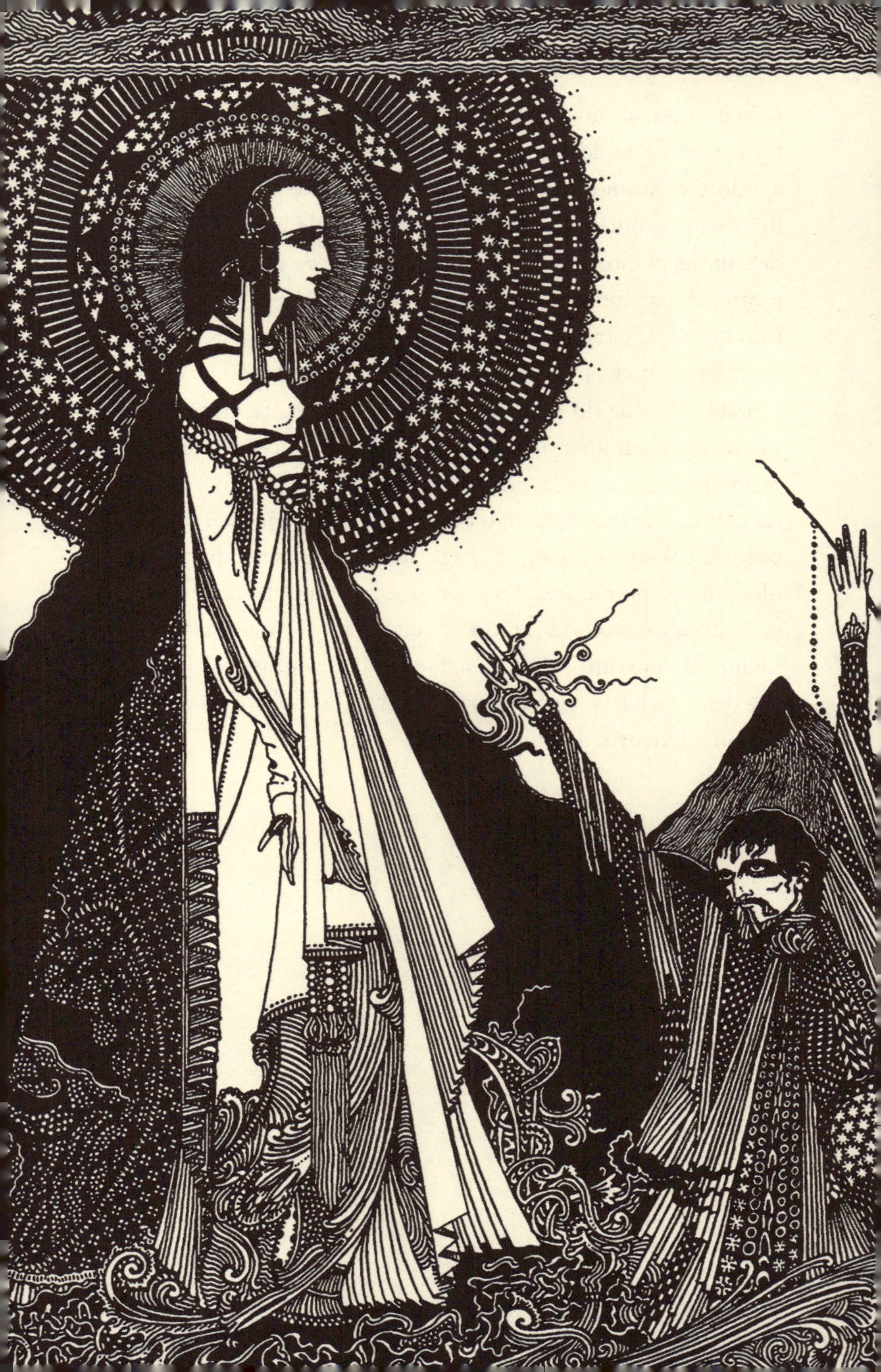

Ligeia
1838

Este conto conta a história de um narrador anônimo que relembra sua primeira esposa, a enigmática e bela Ligeia. A história se desenrola em uma casa sombria e labiríntica, onde ocorrem eventos sobrenaturais que sugerem a presença espiritual de Ligeia mesmo após sua morte.

Não posso recordar, juro por minha alma, como, quando ou, precisamente, onde, encontrei Lady Ligeia pela primeira vez. Muitos anos se passaram, e minha memória debilitou-se por tanto sofrer. Ou, talvez, eu não possa, *agora*, trazer estes pontos à memória, porque, em verdade, o caráter de minha amada, sua inteligência rara, sua tão singular e ainda plácida beleza, e a eloquência emocionante e cheia de paixão de sua linguagem musical suave, tenha feito caminho para meu coração de modo tão constante e sigiloso que eles foram percebidos e desconhecidos. Ainda assim, acredito que a encontrei pela primeira vez, e depois frequentemente, em alguma grande e decadente cidade às margens do Reno.

De sua família, ouvi-a falar a respeito, certamente. Que fosse de uma origem muito antiquada não há sombra de dúvida. Ligeia... Ligeia... Mergulhada em estudos, mais do que qualquer outro, de natureza tal para adaptar-se a amortecer as impressões do mundo exterior, e tão somente por aquela palavra solitária – Ligeia –, que evoco ante meus olhos a imagem daquela que já não existe. E agora, enquanto escrevo, uma recordação me mostra em *flashes* claros, que nunca soube o nome de sua família ancestral, daquela que foi minha amiga e noiva, e tornou-se parceira de meus estudos, e finalmente, a esposa da minha alma. Teria sido isso uma travessa cobrança de minha Ligeia? Ou teria sido um teste à força do meu afeto, que me levara a nunca inquirir aquele assunto? Ou teria sido um capricho de minha parte, uma oferta descontroladamente romântica no santuário da devoção mais apaixonada?

De maneira indistinta me recordo do fato em si. Quão maravilhoso era ter esquecido as circunstâncias que originaram e ocorreram, não? E, verdadeiramente, se alguma vez o tal espírito intitulado *Romance*, se alguma vez, ela, a pálida profetisa do Egito idólatra, de asas negras tenebrosas, *Ashtophet*, preside, como diz a lenda, casamentos mal planejados, então certamente, presidiu o meu.

Há, porém, um assunto querido, cuja minha memória não falha. É a pessoa de Ligeia. Em altura ela era alta, ainda que delgada, e, em seus dias finais, bastante diminuta. Eu tentaria em vão enaltecer o porte majestoso, a quietude complacente de seu comportamento, ou a incompreensível leveza e elasticidade de seus passos. Ela chegava e partia como uma sombra. Nunca estava ciente de sua entrada em meu estúdio particular, salvo pela doce melodia de sua voz, ao pousar sua mão pálida como mármore em meu ombro. Em matéria de beleza, nenhuma donzela poderia se comparar a ela. Era o resplendor de um sonho induzido por um opiáceo – era como uma visão etérea e espiritual, mais divinamente selvagem que as fantasias que pairavam sobre as almas adormecidas das filhas de *Delos*.

No entanto, suas feições não eram moldadas no padrão regular ao qual fomos tão falsamente ensinados a venerar nas obras clássicas do paganismo. "— Não existe beleza rara", dizia Bacon, Lorde Verulam, quando se referia a todas as formas e gêneros de beleza "— sem que haja algo de estranho em suas proporções". Porém, embora eu tenha visto que as feições de Ligeia não fossem de uma beleza regular clássica, ainda assim, eu percebia que sua beleza era realmente requintada, e mesmo sentindo que havia certa "estranheza" em seus traços, ainda assim tentei, em vão, detectar o que havia de irregularidade e formar minha própria percepção de 'estranho'.

Eu examinava o contorno de sua alta e pálida fronte – e era irrepreensível –, mas quão fria é esta palavra quando aplicada a criatura tão divina! A pele rivalizava com o mais puro marfim, a imponente fronte sobressaindo e a delicada proeminência acima de suas têmporas. E então, as brilhantes e negras madeixas, negras como as asas de um corvo, luxuriantes cachos naturais, realçando a força plena do homérico epíteto: "os cachos Hiacintinos!".

Eu olhava para as linhas delicadas do nariz, e em lugar algum, a não ser nos graciosos medalhões hebreus, eu já tenha visto similar perfeição. Havia a mesma suavidade luxuosa da superfície, a mesma tendência perceptível para o aquilino, as mesmas curvas harmoniosas de suas narinas, que falavam de um espírito livre. Recordo-me de sua doce boca. E aqui estava o triunfo de todas as coisas celestiais – a magnífica curvatura do lábio superior –, o aspecto suave e voluptuoso do inferior. As covinhas que se exibiam, parecendo brincar, e a cor que parecia falar. Os dentes que brilhavam de maneira quase cegante – cada raio sagrado que recaía sobre eles, de forma serena e plácida, ainda que resultando no mais radiante de todos os sorrisos. Olhava com escrutínio a forma de seu queixo – e aqui, também, eu encontrei a gentileza da amplitude, a suavidade e majestade, a plenitude e espiritualidade dos Gregos – o contorno com que o deus Apolo só revelou a Cleómenes, o filho do ateniense, em sonho. Então... eu contemplava os grandes olhos de Ligeia.

Para os olhos não há modelos na mais remota antiguidade. Pode ser, também, que naqueles olhos de minha amada repousasse o segredo ao qual Lorde Verulam aludia. Eram, devo crer, olhos bem maiores que os comuns à nossa própria raça. Eram mesmo mais profundos que os olhos das gazelas da tribo do Vale de *Nourjahad*. No entanto, isso se dava somente em intervalos, em momentos de intensa excitação, que esta peculiaridade se mostrava visivelmente notável em Ligeia.

E em tais momentos, era sua beleza – em minha imaginação aquecida, aparentemente, talvez –, o tipo de beleza dos seres acima e de fora da Terra – a beleza da fabulosa *Houri* dos Turcos. As pupilas eram do negro mais brilhante, e, logo acima, penduravam-se cílios de longuíssimo comprimento. As sobrancelhas, de desenho levemente irregular, tinham a mesma tonalidade. A "estranheza", todavia, que eu encontrava nos olhos, era de natureza distinta da forma, ou cor, ou do brilho de suas características, e nada mais além do que sua própria *expressão*. Ah, palavra sem qualquer significado! Por trás de vasta latitude ou mero som pelo qual entrincheiramos nossa ignorância daquilo que é espiritual. A expressão dos olhos de Ligeia! Por quantas horas eu poderia refletir sobre ela... Como eu, durante uma noite inteira de verão, duelei com esse entendimento! O que era aquilo... aquilo mais profundo que o poço de Demócrito – que jazia nas profundezas das pupilas de minha amada? O que era aquilo? Estava eu possuído por uma paixão em descobrir... Aqueles olhos... Aqueles grandes olhos brilhantes! Aquelas divinas pupilas que se tornaram para mim, estrelas gêmeas de Leda, e, eu para elas, o mais devotado dos astrólogos.

Não há nenhum ponto, dentre as muitas e incompreensíveis anomalias da ciência da mente, mais emocionante ou excitante que o fato – nunca, creio eu, observado nas escolas –, que, nos esforços em recobrar a memória de algo há muito esquecido, muitas vezes nos vemos *à beira da lembrança*, sem, contudo, ao final, nos lembrar.

E com que frequência, em meu intenso escrutínio dos olhos de Ligeia, tive eu a sensação de ter me aproximado do total conhecimento de sua expressão – aproximando-me –, ainda que não fosse meu domínio –, e, por fim, partia inteiramente! Encontrei, nos objetos mais comuns do universo, um círculo de analogias com tal expressão. E isso, digo eu, logo após o período em que a beleza de Ligeia passou para o meu espírito, habitando agora em um santuário, derivava, das muitas existências do mundo material, um sentimento ao redor permeado de excitação, sempre que eu fitava aqueles largos e luminosos olhos. No entanto, eu não poderia definir tal sentimento, ou analisá-lo, ou até mesmo vê-lo. Reconheci-o, permitam-me repetir, em alguns momentos enquanto pesquisava o crescimento acelerado de uma videira, ou na contemplação de uma mariposa, uma borboleta, uma crisálida, no fluxo da água corrente. Eu senti isso no oceano; na queda de um meteoro. Senti isso nos olhares de pessoas mais velhas e incomuns. E há uma ou duas estrelas no céu – uma, especificamente, de sexta grandeza dupla e mutável, que se encontra próximo à estrela de Lira –, que vistas criteriosamente através de um telescópio, são capazes de me dar essa sensação. Fui invadido por certas notas musicais de instrumentos de cordas, e não poucas vezes, ao ler passagens de livros. Entre numerosos exemplos, lembro-me bem de um trecho em um volume de Joseph Glanvill, que (talvez por conta de sua singularidade – quem poderá dizer?) nunca falhou em inspirar em mim tal sentimento:

"E a vontade que no interior reside, que não morre. Quem conhecerá os mistérios da vontade, com seu vigor? Para Deus é apenas uma grande vontade, que impregnará todas as coisas pela natureza de suas intenções. O homem não entrega a si mesmo aos anjos, nem tão somente à morte, salvo apenas pela fraqueza de sua débil vontade".

Com o passar dos anos, e posteriores reflexões, tive a habilidade em descobrir, verdadeiramente, uma remota conexão entre esta passagem do moralista inglês e parte do caráter de Ligeia. Uma intensidade de pensamentos, ações, palavras, era possivelmente, nela, resultado, ou ao menos um indicativo dessa intensa vontade que, durante nossas longas relações, falhou em dar sinais imediatos de sua evidente existência. De todas as mulheres que conheci, era ela, a aparentemente calma, sempre plácida e tranquila Ligeia, a que fora a vítima mais violenta das paixões carnais desenfreadas.

E tal paixão eu só podia estimar, através da miraculosa expansão daqueles olhos que, simultaneamente me deleitavam e atemorizavam, pela quase mágica melodia, modulação, distinção e placidez de sua voz muito baixa – e pela energia feroz, tornada duplamente eficaz pelo contraste com sua forma de expressar-se, bem como das palavras selvagens que habitualmente pronunciou.

Falei da inteligência de Ligeia... era imensa – como jamais havia encontrado em mulher alguma. Era bastante proficiente em diversos idiomas clássicos, e tão longe quanto meus modernos conhecimentos dos dialetos europeus se estendiam, nunca a vi falhar em algum. Na verdade, sobre qualquer tema dos mais admirados, mesmo daqueles de mais difícil compreensão que qualquer erudito acadêmico gostaria de vangloriar-se, cheguei eu a encontrar Ligeia em falta? Quão singularmente, quão intrigante, este ponto da natureza de minha mulher se forçou, a esta altura tardia, até conquistar minha atenção!

Eu disse que seu conhecimento era tal como jamais conhecera em outra mulher, mas onde respira o homem que atravessou, de maneira bem sucedida, todas as amplas áreas de ciência moral, física e matemática? Não vi, então, o que agora percebo, de maneira clara, que os conhecimentos de Ligeia eram gigantescos, espantosos. Entretanto, estava suficientemente informado de sua supremacia, para me resignar, com uma confiança semelhante à de uma criança, a ser guiado por ela, em um mundo caótico de investigação metafísica em que me achava ocupado durante nossos primeiros anos de casamento.

Com quão vasto triunfo... quão vívido deleite... com que tamanha esperança etérea... sentia, quando ela se curvava sobre mim durante os estudos pouco investigados – mas não menos conhecidos –, até aquela vista deliciosa onde degraus expandiam-se, devagar, ante mim, por um caminho não pavimentado, lindo, sem trânsito, mas por onde eu poderia passar até chegar ao alvo e alcançar a sabedoria, preciosa por demais para não ser proibida!

Quão pungente, então, deve ter sido o sofrimento com o qual, anos mais tarde, vi minhas expectativas levantando suas próprias asas e voando para longe! Sem Ligeia eu era apenas como uma criança birrenta.

Sua presença, suas leituras solitárias, tornaram vividamente luminosos os muitos mistérios do transcendentalismo em que estávamos imersos. Desejando o brilho radiante de seus olhos, as letras, cintilantes e douradas, tornavam-se mais embaçadas que o metal. E agora aqueles olhos brilhavam cada vez menos frequentemente sobre as páginas nas quais eu meditava. Ligeia adoeceu. Os olhos selvagens brilhavam com um esplendor glorioso; os dedos pálidos tornaram-se tão transparentes quanto a cera da sepultura; e as veias azuis sobre a fronte, intumesciam-se e palpitavam, impetuosamente, ao sinal da mais gentil emoção. Vi que ela ia morrer – e travei desesperadamente um duelo em espírito com o impiedoso *Azrael*. E as batalhas da esposa apaixonada eram, para meu assombro, mais enérgicas que as minhas próprias.

Havia muito em sua natureza severa para me impressionar com a crença de que, para ela, a morte chegaria sem seus terrores – mas assim não foi. Palavras são impotentes para transmitir qualquer ideia da ferocidade ou resistência com que ela lutou contra "A Sombra". Eu gemia em angústia com tal espetáculo lamentável. Teria querido acalmá-la, argumentar, mas na intensidade de seu desejo selvagem de viver – desejo pela vida –, consolo e razão eram semelhantes ao extremo da loucura. Ainda assim, até o último instante, entre os contornos mais convulsivos de seu espírito feroz, nem assim foi abalada sua placidez externa característica. Sua voz passou a ser mais suave, muito mais grave, mas eu não queria me ater ao significado estranho daquelas palavras pronunciadas de maneira tão silenciosa. Meu cérebro cambaleava enquanto eu escutava, extasiado, tal melodia mais do que mortal – para suposições e aspirações nunca antes conhecidas.

Que ela me amava, disso eu não tinha dúvidas, e eu deveria estar ciente que, em um peito como o seu, o amor nunca reinaria como uma paixão tão comum. Mas somente na morte é que fui capaz de compreender toda a força de seu afeto. Por longas horas, enquanto retinha minha mão, ela derramaria ante mim o que um coração transbordante poderia demonstrar numa apaixonada devoção equivalente à idolatria. Como merecia eu ter sido tão abençoado por tais confissões? Como merecia eu ser tão amaldiçoado de que minha amada me fosse tirada na hora em que mais me faria falta? Mas sobre este assunto não posso suportar me estender. Deixe-me dizer, apenas, que no abandono feminino de Ligeia, ai de mim! Tão imerecido, tão indignamente concedido, reconheci o princípio de sua saudade, com um desejo tão avidamente selvagem pela vida, vida esta que agora lhe fugia rapidamente. É esta saudade selvagem, este desejo veemente do desejo de viver – pela vida –, que não tenho poder de retratar, ou capacidade de expressar em palavras.

Exatamente na noite em que partiu, acenando para mim, de forma autoritária, que chegasse até seu lado, me pediu que repetisse certos versos que compôs não muitos dias antes. Eu a obedeci. Estes eram os versos:

Vede! É noite de gala
Dentro dos últimos anos solitários!
Um anjo preso, mal-humorado, a dormir Em véus e afogada em lágrimas,
Sente-se em um teatro, para assistir,

Um jogo de esperanças e medos, Enquanto a orquestra entoa e respiras A música celeste das esferas.

Mímica, na forma do Deus Altíssimo, Murmúrios e balbucios baixos,
E aqui voa e voa
Pequenas marionetes, que vem e vem...
À procura de vastas coisas sem forma embaixo que mudam a paisagem para lá e para cá, Agitando suas asas de Condor
E assim Invisível está!

Esse drama heterogêneo!

Oh, tenha certeza... Não deve ser esquecido! Com o fantasma para sempre mais perseguido, Por uma multidão que não aproveita,
Através de um círculo que retorna para o mesmo ponto, E muito da loucura e mais do pecado
E Terror a alma do enredo pronto.

Mas veja, no meio da rotura mímica, Uma intrusão de forma rastejante!
Uma coisa sangrenta que se exala de fora A solidão cênica! Não se evapora...
Se contorce! Se contorce! Com dores mortais... Os mímicos tornam-se suas comidas,
E os serafins soluçam as presas... Em humanos, assim, imbuídas.

Fora... Fora estão as luzes – fora tudo! E sobre cada forma trêmula,
A cortina, uma fúria,
Vem com a pressa de uma tempestade impura, E os anjos, todos pálidos e magros, Insurreição, revelação, afirmação
Que a peça é a tragédia, "Homem" em dor... E seu herói o verme conquistador.

Oh, Deus! — quase gritou Ligeia, erguendo-se imediatamente e estendendo os braços à frente em movimentos espasmódicos, no momento em que encerrei estes versos.
Oh, Deus! Oh, Divino Pai... deverão ser estas coisas assim tão inflexíveis? Não será uma só vez, conquistado, este conquistador? Não somos nós parte integrante Contigo? Quem... quem conhece os mistérios da vontade com seu vigor? O homem não

entrega a si mesmo aos anjos, nem tão somente à morte, salvo apenas pela fraqueza de sua débil vontade.

E então, como se estivesse exausta pela emoção, ela abaixou seus pálidos braços e retornou solenemente até seu leito de morte. E enquanto exalava seus últimos suspiros, junto a eles veio junto um murmúrio baixo de seus lábios. Inclinei-lhe os meus ouvidos e ouvi distintamente, novamente, as palavras finais do trecho de Glanvill:

"O homem não entrega a si mesmo aos anjos, nem tão somente à morte, salvo apenas pela fraqueza de sua débil vontade".

Ela morreu. E eu, aniquilado, pulverizado em pesar, não podia mais suportar a desolação solitária da minha morada na decadente cidade às margens do Reno. Não me faltava o que o mundo chama de riqueza. Ligeia trouxe-me muito mais, porém, muito mais que o que cabe à sorte dos pobres mortais. Depois de alguns meses, portanto, de vaguear sem rumo, comprei e reformei uma abadia, que não devo nomear, em um dos recantos mais selvagens e remotos da boa Inglaterra.

A grandeza sombria e triste do edifício, o aspecto quase selvagem do terreno, as muitas memórias melancólicas e honradas conectadas a ambos, tinham muito em uníssono com os sentimentos de abandono que me levaram àquela remota e distante região rural do país. No entanto, embora o exterior da abadia, com seu verde decadente pendurando em volta, sofresse pouca alteração, entreguei-me, com uma perversidade infantil, e, possivelmente, com uma fraca esperança de aliviar minhas dores, a dar-lhe um ar de magnificência régia em seu interior. Para tais tolices, mesmo na infância, eu havia tomado gosto, e agora estas fantasias me voltavam como se banhadas em pesar. Ah, eu podia sentir o quanto de incipiente loucura poderia ter sido descoberta nas fantásticas e maravilhosas cortinas, nas esculturas solenes do Egito, nas cornijas e móveis antigos, nos carpetes adornados a ouro, em um padrão *Bedlam*.

Tornei-me escravo cativo às tramas do ópio, e meus trabalhos e decisões assumiram as cores dos meus sonhos. Mas a estes absurdos não devo me deter em detalhar. Permita-me falar apenas daquele aposento... amaldiçoado eternamente, que, em um momento de alienação mental, conduzi como minha noiva – como sucessora da inesquecível Ligeia –, a loira de olhos azuis, Lady Rowena Trevanion, de Tremaine.

Não há um só detalhe arquitetônico ou decorativo daquela câmara nupcial que agora não esteja visivelmente diante dos meus olhos. Onde estavam as almas da altiva família da noiva, quando, em sua sede por riqueza, permitiram que passasse pelo umbral de um aposento tão ornamentado, tal donzela e filha amada?

Eu disse que me recordo perfeitamente de cada detalhe daquele aposento – embora minha memória tristemente se esqueça de momentos mais profundos –, e não havia um meio sistemático, para manter, em uma exibição fantástica, a manutenção daquela memória.

O aposento se encontrava em uma ala da torre acastelada da abadia, tinha uma forma de pentágono, e era grande em tamanho. Ocupando todo o lado sul do pentágono, havia uma única janela – uma imensa folha de vidro inteiriço de Veneza –, um painel único e de cor chumbo, de forma que os raios solares, ou da lua, quando passavam por ele, deixavam um brilho sinistro sobre os objetos no interior. Acima dessa porção superior da imensa janela estendia-se uma treliça de uma antiga videira que se derramava e subia pelas paredes maciças da torre. O teto, de carvalho quase negro, era excessivamente alto e em formato de abóbada, ornado de forma primorosa com os mais estranhos e grotescos espécimes de estilo semigótico e semidruída. Da parte central desta melancólica abóbada, descendia, pendente por uma única corrente de ouro interligada com elos compridos e de padrão saracênico, um incensário de mesmo metal, ouro, e com tantas perfurações forjadas que se retorciam dentro e fora, como se fossem serpentes vivas, em uma contínua sucessão de luzes multicoloridas.

    Alguns poucos candelabros de ouro, bem como otomanas, de formato oriental, situavam-se em vários locais, e logo ali, estava o leito. O leito nupcial. De modelo indiano, baixo, esculpido em ébano maciço, com um dossel que se assemelhava a um pano mortuário logo acima. Em cada um dos cantos angulados do aposento se erguia um gigantesco sarcófago de granito negro, das tumbas dos reis contra Luxor, com suas tampas esculpidas em imagens memoriais. Mas na cobertura principal do aposento repousava... Ai, de mim! A principal fantasia de todos...

    As paredes altas, gigantes em altura – até mesmo desproporcionais –, estavam cobertas de cima a baixo, em grandes dobras, com o que se parecia a uma enorme tapeçaria de aparência maciça. Tapeçaria de material similar ao que recobria as otomanas e o leito de ébano, bem como o carpete, e o dossel da cama, até as cortinas que cobriam parcialmente as janelas. O material era um tecido do ouro mais puro. Salpicado, em intervalos irregulares, com figuras em arabesco, com mais de 30 centímetros de diâmetro e forjada sobre o pano em padrões do mais negro azeviche. Mas essas figuras somente compartilhavam o mesmo caráter do arabesco quando observadas de um único ponto de vista. Através de uma invenção hoje comum, na verdade rastreável até um período remoto de antigamente, eles foram feitos de forma mutável. Para aqueles que entrassem no aposento, tinham a aparência de simples monstruosidades, mas à medida que se adentrava no quarto, esta aparência gradualmente desaparecia; passo a passo, à medida que o visitante se movimentasse no aposento, trocando sua posição, ele se via rodeado de uma sucessão infinita de formas sinistras pertencentes às superstições normandas, ou que surgem nos sonhos pecaminosos dos monges. O efeito fantasmagórico era amplamente realçado pela introdução artificial de uma corrente de ar que fluía por trás das cortinas, criando uma animação horrível e desagradável ao todo.

Em aposentos como estes – em um leito nupcial como este –, passava eu, as horas profanas do primeiro mês de nosso casamento, sendo que as passava com um pouco de inquietação. Que minha esposa temia o violento mau-humor do meu temperamento, que me evitasse e amasse, mesmo que um pouco, eu não podia deixar de perceber. Mas aquilo me dava mais prazer do que o contrário. Eu a detestava com um ódio que mais pertencia a um demônio que um homem. Minha memória retornava – Oh, com que intensidade de arrependimento! – para minha Ligeia, minha amada, digna, bela, sepultada. Eu me deleitava nas lembranças de sua pureza, sabedoria, imponência, sua natureza etérea, apaixonada, seu amor idólatra. Agora, então, meu espírito se enchia e ardia livremente com as chamas de outrora. Na excitação de meus sonhos opiáceos – ao qual estava acorrentado pelos grilhões da droga –, eu gritava seu nome, durante o silêncio da noite, ou entre os recessos protegidos do dia, como se, através da ansiedade selvagem, da paixão solene, o ardor que consumia pela partida daqueles que deixavam saudade, eu pudesse trazê-la de volta, às veredas que ela abandonara – ah, seria possível para sempre? – nesta terra.

Aproximadamente no início do segundo mês de casamento, Lady Rowena foi acometida de uma súbita doença, cuja recuperação foi lenta. A febre que a consumia tornava suas noites inquietas, e em seu estado torporoso e semiadormecido, ela falava de sons, movimentos, que iam e vinham do aposento da torre, mas concluí que não tinham qualquer fundamento, salvo destempero de sua imaginação, ou talvez, a influência fantasmagórica do próprio quarto em si. Ela convalesceu, afinal, até se reestabelecer. No entanto, um breve período transcorreu, até que um segundo e mais violento acesso a acometeu, colocando-a de volta à cama em sofrimento. E deste ataque à sua saúde, seu corpo já frágil, jamais se recuperou totalmente.

Suas doenças foram, depois dessa época, de caráter mais alarmante, e muito mais recorrentes, desafiando tanto o conhecimento, quanto os grandes esforços de seus médicos. Com o progresso de sua doença crônica, que, ao que parecia, havia assumido sua constituição sendo incapaz de ser erradicada por meios humanos, não pude deixar de observar aumento similar em sua irritação nervosa, em seu temperamento, bem como sua excitabilidade sobre causas triviais do medo. Ela falava novamente, e agora com mais frequência e pertinácia, sobre os sons – os sons leves –, e sobre os movimentos inusitados entre as tapeçarias, ao qual ela já havia aludido.

Certa noite, já no final de setembro, pressionou-me sobre o assunto, com maior ênfase do que o habitual, requerendo minha atenção. Ela havia acabado de acordar de um sono inquieto, e eu estivera observando, com sentimentos mistos de ansiedade e terror, o aspecto de sua fisionomia emagrecida. Sentei-me ao lado de sua cama de ébano, em uma otomana da Índia. Ela se levantou e falou, em um sussurro baixo e fervoroso, de sons que estivera ouvindo, mas cujos quais não pude ouvir; de movimentos que estivera vendo, mas cujos quais não pude perceber. O vento soprava apressadamente atrás das tapeçarias, e eu desejava lhe mostrar (o que, devo confessar, eu não podia crer de todo), que todos aqueles sussurros e respirações inarticuladas, e aquelas variações tão delicadas das figuras nas paredes, não eram nada mais que os efeitos naturais do vento corrente. Mas a palidez mortal, espalhando-se pelo rosto, provava a mim que, meus esforços em tranquilizá-la, seriam infrutíferos. Ela parecia estar desmaiando e nenhum criado ouviria aos meus chamados.

Lembrei-me de onde havia guardado o decantador de vinho suave receitado pelos médicos, e percorri o aposento à sua busca. Mas, ao passar sob a luz do incensário pendente, duas circunstâncias de natureza impressionante atraíram minha atenção. Senti que algo palpável, embora invisível, passara de leve junto a mim; e vi que ali estava, sobre o tapete dourado, logo abaixo do incensário, uma sombra – uma sombra fraca e indefinida de aspecto angelical –, tal o que se pode esperar do aspecto de uma sombra. Mas eu estava alucinado de excitação por uma dose imoderada de ópio, e considerei tais coisas como nada, nem mesmo as mencionei a Rowena. Tendo encontrado o vinho, cruzei de volta os aposentos e enchi uma taça, segurando-a junto aos lábios da desmaiada senhora. Parcialmente recuperada, assumiu o cálice por si só, enquanto eu me sentei próximo a ela, com meus olhos fixos em sua pessoa.

Foi então que percebi distintamente passos leves sobre o carpete e próximo ao leito e, um segundo depois, quando Rowena estava no ato de erguer o cálice aos lábios, eu vi, ou talvez tenha sonhado que vi, caindo dentro da taça, de uma fonte invisível na atmosfera do quarto, três ou quatro grandes gotas de um brilhante líquido, cor de rubi. Se eu o vi, não o viu Rowena. Ela bebeu o vinho sem hesitar, e eu me esqueci de mencionar a circunstância, depois de tudo, pois considerei que tenha sido induzido pela sugestão de minha vívida imaginação, acrescido do terror da senhora, pelo ópio e pelo adiantado da hora.

No entanto, não posso deixar escapar de minha percepção que, imediatamente após a queda das gotas de rubi, uma mudança súbita para pior se abateu sobre o estado de saúde de minha esposa; Então assim, na terceira noite subsequente, as mãos dos criados prepararam seu corpo para o túmulo, e ao quarto dia, sentei-me sozinho, com seu corpo envolto, naquele fantástico aposento em que a recebi como minha esposa.

Visões selvagens, induzidas pelo ópio, flutuavam como sombra ante mim. Meu olhar pousou inquieto sobre os sarcófagos em cada canto do aposento, sobre as figuras ondulantes na tapeçaria, e sobre as chamas multicoloridas que se entrelaçavam do incensário acima da minha cabeça. Meus olhos então caíram, no que me recordo como das circunstâncias de outra noite, sobre um ponto abaixo do clarão do incensário, aonde antes cheguei a vislumbrar os traços translúcidos de uma sombra. O que antes ali estava, no entanto, agora já havia partido, e respirando com maior liberdade, tornei a olhar para a pálida e rígida figura que jazia sobre o leito. Então percorreram minha mente, milhares de memórias de Ligeia – e achegou-se ao meu coração, com a violência turbulenta de uma torrente, a totalidade do indizível sentimento de infortúnio com que eu a contemplara, a ela, daquela forma envolta em uma mortalha. A noite avançava e ainda assim, com meu peito cheio de pensamentos amargos a respeito da única e supremamente amada, permaneci contemplando o corpo de Rowena.

Devia ser meia-noite, ou talvez mais cedo, ou mais tarde, já que eu havia perdido a noção do tempo, quando um soluço, baixo, suave, mas muito distinto, surpreendeu-me em meu sono. Senti que vinha da cama de ébano – a cama da morte. Eu o ouvi em uma agonia de terror supersticioso, mas não houve repetição do som. Agucei o olhar para detectar qualquer movimento no cadáver, mas não havia o mínimo perceptível. No entanto, eu não poderia estar enganado. Eu escutara um ruído, ainda que fraco, e minha alma despertara dentro de mim. Mantive, de maneira resoluta e perseverante, minha atenção ao corpo. Muitos minutos se passaram antes que qualquer circunstância ocorresse de modo a lançar uma luz sobre o mistério. Finalmente, tornou-se evidente que um leve, muito fraco, quase imperceptível rubor assumiu suas faces e sobre as pequenas veias de suas pálpebras. Através de uma espécie de horror e espanto indizíveis, para os quais não há palavras suficientes para expressar na língua mortal, senti meu coração parar uma batida, meus membros rígidos de horas na mesma posição em que sentado estava.

Contudo, o senso de dever finalmente pareceu atuar para que eu recobrasse meu domínio próprio. Eu não podia mais duvidar de que havíamos nos precipitado em nossos preparativos fúnebres – que Rowena estava viva. Era necessário agir imediatamente. Entretanto, a torre estava separada do restante da abadia onde residiam os criados, e não havia um sequer para ser chamado. Eu não tinha meios de ordenar-lhes que viessem em meu auxílio, sem que tivesse que deixar o quarto por alguns minutos, e aquilo eu não poderia me aventurar a fazer.

Eu, portanto, lutei sozinho em meus esforços para chamar o espírito que pairava sobre o corpo. Em um curto período, era certo, houve, porém, uma recaída. A cor desapareceu de suas pálpebras e faces, deixando uma palidez ainda maior do que o mármore. Os lábios tornaram-se duplamente, contorcidos e retraídos, na expressão sinistra da morte. Uma repulsiva viscosidade e frigidez se espalharam rapidamente pela superfície do corpo. Caí, trêmulo, no sofá de onde me erguera quando fui despertado tão surpreendentemente e me entreguei outra vez, às apaixonadas lembranças de Ligeia.

Uma hora assim decorreu quando (poderia ser possível?), tomei, novamente ciência de um som impreciso oriundo da região do leito. Ouvi atentamente, na extremidade do horror. O som veio novamente – era um suspiro. Correndo para o cadáver, eu vi, distintamente vi, um leve tremor em seus lábios. Em um minuto, eles se abriram, deixando à vista uma fileira de dentes perolados. O espanto agora duelava em meu peito, com a profunda admiração que até então dominara sozinha.

Senti que minha visão ficou turva, que minha razão divagou. E foi somente com um esforço violento que consegui, afinal, dominar os nervos e me propor a executar a tarefa mais uma vez apontada. Havia agora um brilho parcial na fronte e em suas bochechas e garganta; um calor perceptível impregnou toda a sua forma. Havia até mesmo uma leve pulsação de seu coração. A mulher estava viva e, com redobrado ardor, pus-me à tarefa de reanimá-la. Friccionei e banhei-lhe as têmporas e mãos, e usei de toda experiência, e quase nenhuma literatura médica poderia sugerir. Em vão. De repente, a cor sumiu, a pulsação cessou e os lábios assumiram a expressão resoluta da morte, e, um instante depois, todo o corpo se tornou frio como o gelo, com a coloração lívida, de intensa rigidez, os contornos cavados, e todas as peculiaridades repugnantes de alguém que, por muitos dias, foi um inquilino do túmulo.

E novamente afundei-me nas recordações de Ligeia – mais uma vez (Que maravilha que estremeço enquanto escrevo...), de novo chega até meus ouvidos um soluço baixo do leito de ébano. Mas por que detalharei minuciosamente os horrores indescritíveis daquela noite? Por que demorarei a relatar como, de tempo em tempo, até a hora do acinzentado amanhecer, repetiu-se este drama horrendo de revivificação? Como cada recaída terrível era apenas uma morte mais severa e aparentemente mais irrepreensível... Como cada agonia usava o aspecto de uma luta com algum inimigo invisível... E como a cada luta que se sucedia, por eu não saber o que havia de mudança no cadáver? Permita-me apressar a conclusão...

A grande parte daquela terrível noite se fora, e aquela que havia sido dada como morta, mais uma vez se movera – agora mais vigorosamente do que até então, embora despertando de uma dissolução mais espantosa em sua total desesperança, do que qualquer outra. Há muito eu já cessara de lutar ou me mover, permanecendo sentado rigidamente sobre a poltrona, uma presa indefesa de um turbilhão de violentas emoções, cujo assombro extremo era, talvez, o menos terrível, o menos consumidor. O cadáver, torno a repetir, moveu-se, e agora mais vigorosamente que antes. Os matizes da vida irrompendo, com indomável energia, em seu rosto – seus membros relaxados – e, a não ser pelas pálpebras ainda firmemente cerradas, e os panos e ataduras que a recobriam conferindo um aspecto sepulcral à imagem, eu poderia ter sonhado que Rowena, na verdade, tinha afastado completamente os grilhões da morte.

Mas se esta ideia não foi, até então, inteiramente aceita, eu poderia, no mínimo, não mais duvidar, quando, erguendo-se da cama, cambaleando, com passos vacilantes, com olhos fechados, e agindo como alguém perdido em um sonho, a coisa amortalhada avançou audaciosamente de maneira bem corpórea e palpável, para o meio do aposento. Não tremi – não me movi –, pois um milhão de fan tasias inenarráveis, ligadas à aparência, estatura, comportamento da figura, correram apressadamente através do meu cérebro, me deixando paralisado, congelado como uma pedra. Não me movi, mas contemplei a aparição. Havia uma desordem louca em meus pensamentos, um tumulto inacessível. Poderia, verdadeiramente, ser Rowena *viva* aquela quem me confrontava? Poderia, de fato, ser verdadeiramente Rowena, a loira de olhos azuis, Lady Rowena Trevanion, de Tremaine? Por que, *por que*, eu ainda duvidava? A bandagem permanecia firmemente fixa ao redor da boca – mas então poderia não ser a boca respirante de Lady Tremaine? E as bochechas – havia aquele rosado em seu esplendor de vida –, sim, poderia ser a bela face da viva Lady Tremaine. E o queixo, com as covinhas, como antes de sua doença, poderia não ser o dela? Mas então... *ela crescera em estatura desde seu padecimento?* Que loucura inexplicável me apanhou com aquele pensamento? Em um salto cheguei aos seus pés. Estremecendo ao meu toque, ela reclinou a cabeça, deixando cair, assim, os fúnebres tecidos sinistros que a confinavam, e ali fluíram, na atmosfera agitada do aposento, de cabelos longos e desgrenhados. *Eram mais negros que as asas de um corvo da meia-noite!* E agora, vagarosamente abriu os olhos, o vulto que estava à minha frente. "Aqui estão, afinal", disse eu em voz alta, "eu nunca, nunca poderia enganar-me... Estes são os grandes, negros e selvagens olhos do meu perdido amor – de minha Lady... LADY LIGEIA".

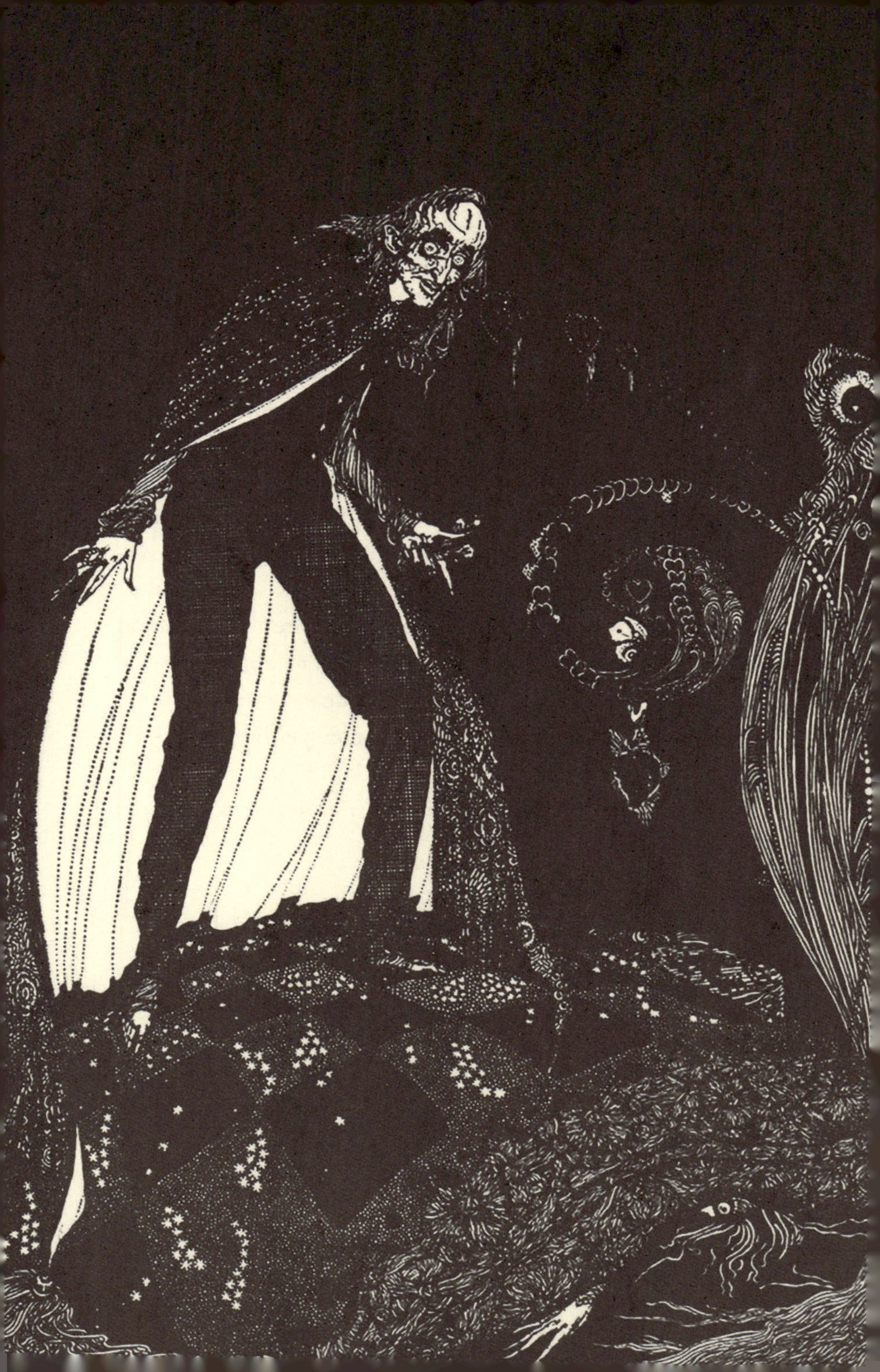

O coração delator
1843

Embora não seja estritamente uma historia sobre uma casa, grande parte da ação acontece no interior da residência do personagem principal. O conto é narrado por um assassino que está tentando convencer o leitor de sua sanidade, mas é assombrado pelo som do coração da vítima batendo sob o assoalho da casa.

É verdade – nervoso –, eu estava pavorosamente nervoso e ainda estou, mas por que você diria que eu estou louco? A doença tinha aguçado meus sentidos – não os destruído –, não amortecido. Mais que todos, o sentido da audição foi intensificado. Eu ouvia tudo, do céu e da terra. Eu ouvia muitas coisas do inferno. Como, então, estou louco? Ouça com atenção! E observe a sanidade, a calma com que posso contar a você toda a história.

É impossível dizer como a ideia começou a surgir na minha cabeça, mas, uma vez concebida, ela passou a me assediar dia e noite. Motivo não havia nenhum. Paixão não havia nenhuma. Eu gostava do velho. Ele nunca me prejudicou. Nunca me insultou. O ouro dele não me apetecia. Acho que foi o olho dele! Sim, foi isso! Ele tinha o olho de um abutre – um olho azul embaçado, coberto por uma membrana. Quando o velho olhava para mim com aquele olho de abutre, meu sangue congelava. E então, aos poucos – bem aos poucos – eu finalmente decidi que tinha de tirar a vida do velho e assim me livrar daquele olho para sempre!

Agora essa é a questão. Você acha que estou louco. Loucos não sabem de nada. Mas você deveria ter me visto. Deveria ter visto com que sensatez eu agi, com que cuidado – e que prudência – com que dissimulação fiz meu trabalho! Eu nunca tinha sido tão amável com o velho como fui durante toda a semana antes de matá-lo. E todas as noites, por volta da meia-noite, eu girava o trinco da porta dele e abria – Ah, com tanta delicadeza! E então, quando já tinha aberto a porta o suficiente para que minha cabeça passasse, eu passava por ali uma lanterna escura, toda coberta, coberta para que nenhuma luz se projetasse, e depois eu esticava a cabeça para dentro. Ah, você acharia graça se visse a destreza com que eu passava a cabeça pela abertura! Eu a movia devagar, bem devagar, para não perturbar o sono do velho. Levava uma hora para passar a cabeça toda pela abertura, até que pudesse vê-lo enquanto ele estava deitado em sua cama. Ah! – Será que um louco seria assim tão esperto? E então, quando minha cabeça já estava toda dentro do quarto, eu descobria a lanterna com cuidado – ah, com muito cuidado! –, com cuidado (porque as dobradiças rangiam) eu a descobria só um pouquinho, de modo que apenas um raio pequeno e fino de luz se depositasse sobre aquele olho de abutre. E fiz isso por sete longas noites, sempre à meia-noite, mas encontrava o olho sempre fechado; e então era impossível fazer o trabalho. Porque não era o velho que me perturbava, era o olho, o olho maligno que ele tinha. E a cada manhã, quando o dia nascia, eu ia corajosamente até o quarto, e falava com ele corajosamente, chamava-o pelo nome com um tom cordial e perguntava a ele como tinha passado a noite. Veja que ele teria de ser um velho muito sagaz, de fato, para suspeitar que toda noite, exatamente à meia-noite, eu o observava enquanto dormia.

Na oitava noite, fui mais cauteloso do que costumava ser ao abrir a porta. O ponteiro dos minutos de um relógio se moveria mais rápido do que minha mão. Nunca antes daquela noite eu tinha sentido o alcance dos meus próprios poderes – da minha sagacidade. Eu mal podia conter meu sentimento de triunfo. Pensar que lá estava eu, abrindo a porta, pouco a pouco, e ele sequer sonhando com minhas intenções e pensamentos secretos. Cheguei a rir discretamente da ideia, e talvez ele tenha me ouvido, porque de repente se mexeu na cama como num sobressalto. Agora você pode pensar que eu recuei – mas não. O quarto dele estava negro como o breu com a escuridão espessa (já que, temendo ladrões, o velho mantinha as persianas bem fechadas), por isso eu sabia que ele não conseguiria ver a porta sendo aberta, e continuei empurrando-a com firmeza, mais e mais.

Eu já estava com a cabeça lá dentro, e pronto, para descobrir a lanterna, quando meu dedão escorregou no fecho da lata, e o velho saltou da cama e gritou: "Quem está aí?".

Fiquei imóvel e não disse nada. Por uma hora inteira não movi um músculo sequer, e durante esse tempo, não o ouvi se deitar. Ele continuava sentado na cama, escutando, assim como eu tinha feito, noite após noite, prestando atenção aos relógios da morte[3] dentro da parede.

Naquele momento ouvi um ligeiro gemido, e eu sabia que era o gemido de um terror mortal. Não era um gemido de dor ou pesar – ah, não! – era o som baixo e contido que vem do fundo da alma quando ela está tomada pelo pavor. Eu conhecia bem aquele som. Muitas noites, bem à meia-noite, enquanto o mundo todo dormia, o som tinha vazado de meu próprio peito,

---

3. Relógios da morte – *(Death Watches)*, são insetos que perfuram madeira. Há uma superstição de que os sons produzidos pelo inseto pressagiam a morte de alguém quando ouvidos.

aprofundando, com seu eco pavoroso, os terrores que me ocupavam. Digo que os conhecia bem. Eu sabia o que o velho sentia, e tive pensa dele, embora meu coração gargalhasse. Eu sabia que ele estava acordado desde o primeiro ruído, quando se virou na cama. Os temores, desde então, vinham crescendo dentro dele. Ele vinha tentando imaginar que os temores eram infundados, mas não conseguia. Ele vinha dizendo a si mesmo: "É só o vento na chaminé: é só um camundongo andando pelo chão", ou "É apenas um grilo que cricrilou por um instante". Sim, ele vinha tentando se confortar com essas suposições, mas percebeu quer era tudo em vão. Tudo em vão, porque a Morte, ao abordá-lo, o perseguiu com sua sombra negra e envolveu com ela a vítima. E foi a influência tétrica da sombra indistinguível que fez com que ele sentisse – embora nada visse ou ouvisse –, a presença de minha cabeça dentro do quarto.

Depois de ter esperado por um longo tempo, com muita paciência, sem ouvir o velho se deitar, resolvi abrir um pouco, um pouquinho, bem pouquinho a lanterna. Então a abri – você não pode imaginar a forma tão furtiva, furtiva – até que um único raio, fraco como a teia da aranha, escapou pela fenda e foi inteiro de encontro ao olho do abutre. Ele estava aberto – bem, bem aberto –, e eu fiquei furioso quando olhei para ele. Eu o vi com perfeita clareza – aquele azul desbotado, coberto por um véu hediondo que gelou meu osso até o tutano; mas não pude ver mais nada do rosto ou da pessoa do velho: porque tinha direcionado o raio, como que por instinto, precisamente sobre o maldito olho.

E eu não lhe disse que o que você pensa ser loucura não passa de extrema sensibilidade? Agora, eu digo, chegou aos meus ouvidos um som baixo, abafado e rápido, como o de um relógio envolto em algodão. Eu conhecia bem aquele som, também. Era a batida do coração do velho. Aquilo aumentou minha fúria, como a batida de um tambor estimula o soldado a ser corajoso. Mas ainda assim me contive e permaneci imóvel. Eu mal respirava. Eu segurava a lanterna sem me mover. Tentei, com toda a firmeza que podia, manter o raio sobre o olho. Enquanto isso, a batida infernal do coração aumentava. Foi ficando mais e mais rápida, e mais e mais alta a cada instante que passava. O terror do velho deve ter sido extremo! Ficava mais ruidosa, eu digo, mais barulhenta a cada instante! – Você me entende bem? Eu disse a você que sou nervoso: então sou mesmo. E agora, à hora morta da noite, em meio ao silêncio daquela casa velha, um barulho tão estranho quanto esse me levou a um terror incontrolável. Ainda assim, por mais alguns minutos me contive e fiquei imóvel. Mas as batidas só cresciam e cresciam! Eu pensei que o coração fosse explodir. E então uma nova inquietação tomou conta de mim – o som seria ouvido por um vizinho! A hora do velho havia chegado! Com um berro, escancarei a lanterna e pulei para dentro do quarto. Ele gritou uma vez – só uma vez. Num instante, eu o arrastei para o chão e virei sobre ele a cama pesada. Então eu sorri contente, por saber que o trabalho estava feito até ali. Mas, por vários minutos, o coração continuou a bater com um som abafado. Aquilo, contudo, não me irritou; ele não seria ouvido através da parede. Depois de algum tempo, cessou. O velho estava morto. Retirei a cama e examinei o cadáver. Sim, ele estava morto, definitivamente morto. Coloquei a mão sobre o coração dele e a mantive lá por vários minutos. Não havia pulsação. Ele estava definitivamente morto. O olho dele não mais me perturbaria.

    Se você ainda acha que sou louco, não pensará assim quando eu descrever as sábias precauções que tomei para ocultar o corpo. A noite já se aproximava do fim e eu trabalhava rapidamente, mas em silêncio. Primeiro, desmembrei o corpo. Decepei a cabeça e os braços e as pernas. Depois retirei três tábuas do piso do quarto, e depositei tudo entre os barrotes. Então recoloquei as tábuas com tanta astúcia, com tanta destreza, que nenhum olho humano – nem mesmo o dele – poderia ter detectado algo de errado. Não havia nada para lavar – nenhuma mancha de qualquer tipo –, nenhum pingo de sangue. Eu tinha sido muito cuidadoso com aquilo. O ralo do banheiro tinha absorvido tudo – ha! ha!

Quando cheguei ao fim do trabalho, eram quatro horas da manhã – ainda escuro como à meia-noite. No instante em que o sino badalava as horas, veio uma batida na porta da rua. Desci para abrir a porta com o coração leve – pois o que tinha eu agora a temer? Entraram três homens que se apresentaram, com uma cortesia perfeita, como oficiais da polícia. Um grito tinha sido ouvido por um vizinho durante a noite; a suspeita de crime foi levantada; a informação tinha sido registrada na delegacia de polícia, e eles (os oficiais) tinham sido designados para vasculhar o local.

Eu sorri – pois o que tinha eu a temer? Convidei os cavalheiros a entrar. O grito, eu disse a eles, tinha sido meu, em um sonho. O velho, eu mencionei, estava ausente, no campo. Conduzi os visitantes pela casa toda. Convidei-os a procurar – procurar bem. Eu os guiei, depois de algum tempo, até o quarto dele. Mostrei a eles os tesouros do velho, seguros, intactos. No entusiasmo de minha confiança, trouxe cadeiras para o quarto e desejei que eles ficassem ali para descansar de suas fadigas, enquanto eu mesmo, na audácia selvagem de meu triunfo perfeito, coloquei minha cadeira sobre o exato lugar abaixo do qual repousava o cadáver da vítima.

Os oficiais estavam satisfeitos. Minhas maneiras os tinham convencido. Eu estava notoriamente à vontade. Eles se sentaram, e, enquanto eu respondia animadamente, eles conversavam sobre coisas corriqueiras. Mas, pouco depois, eu me senti empalidecendo e desejando que eles se fossem. Minha cabeça doía, e imaginei um zumbido em meus ouvidos, mas eles continuaram sentados e conversando. O zumbido se tornou mais distinto – ele continuou e se tornou mais claro. Eu falava com mais liberdade para me livrar da sensação, mas o zumbido continuou e ganhou precisão – até que, afinal, descobri que o barulho não vinha de dentro de meus ouvidos.

Não admira que agora eu estivesse muito pálido, mas eu falava com mais fluência, e em voz mais alta. Mas o som crescia – e o que eu podia fazer? Era um som baixo, abafado e rápido, bem parecido com o som que um relógio faz quando envolto em algodão. Eu arfava em busca de ar, e mesmo assim os oficiais não ouviam. Eu falava mais rápido – com mais veemência; mas o barulho crescia continuamente. Eu me levantei e falei sobre trivialidades, em um tom alto e gesticulando com energia; mas o barulho continuava a crescer com firmeza. Por que eles não iam embora? Eu dava passos pelo chão para lá e para cá com passadas largas e pesadas, como se estimulado à fúria com as observações dos homens – mas o barulho continuava aumentando. Ah, Deus! O que podia eu fazer? Eu espumava – eu delirava – eu praguejava! Eu balançava a cadeira na qual estava sentado e a fazia ranger nas tábuas, mas o barulho estava acima de tudo e continuava a aumentar. Ele cresceu mais – e mais – e mais! E mesmo assim os homens tagarelavam animadamente, e sorriam. Seria possível que eles não o ouvissem? Deus Todo-Poderoso! – Não, não! Eles ouviam! Eles suspeitavam! Eles sabiam! Eles estavam zombando do meu horror! – foi o que pensei, e é o que penso. Mas qualquer coisa seria melhor do que essa agonia! Qualquer coisa seria mais tolerável que essa chacota! Eu não podia mais suportar aqueles sorrisos hipócritas! Sentia que precisava gritar ou morrer! – e então – de novo! – Ouça! Mais alto! Mais alto! Mais alto! Mais alto!

"Canalhas!" – eu gritei, "sem mais dissimulação! Eu confesso o feito! Arranquem as tábuas! Aqui, aqui! São as batidas do maldito coração!".

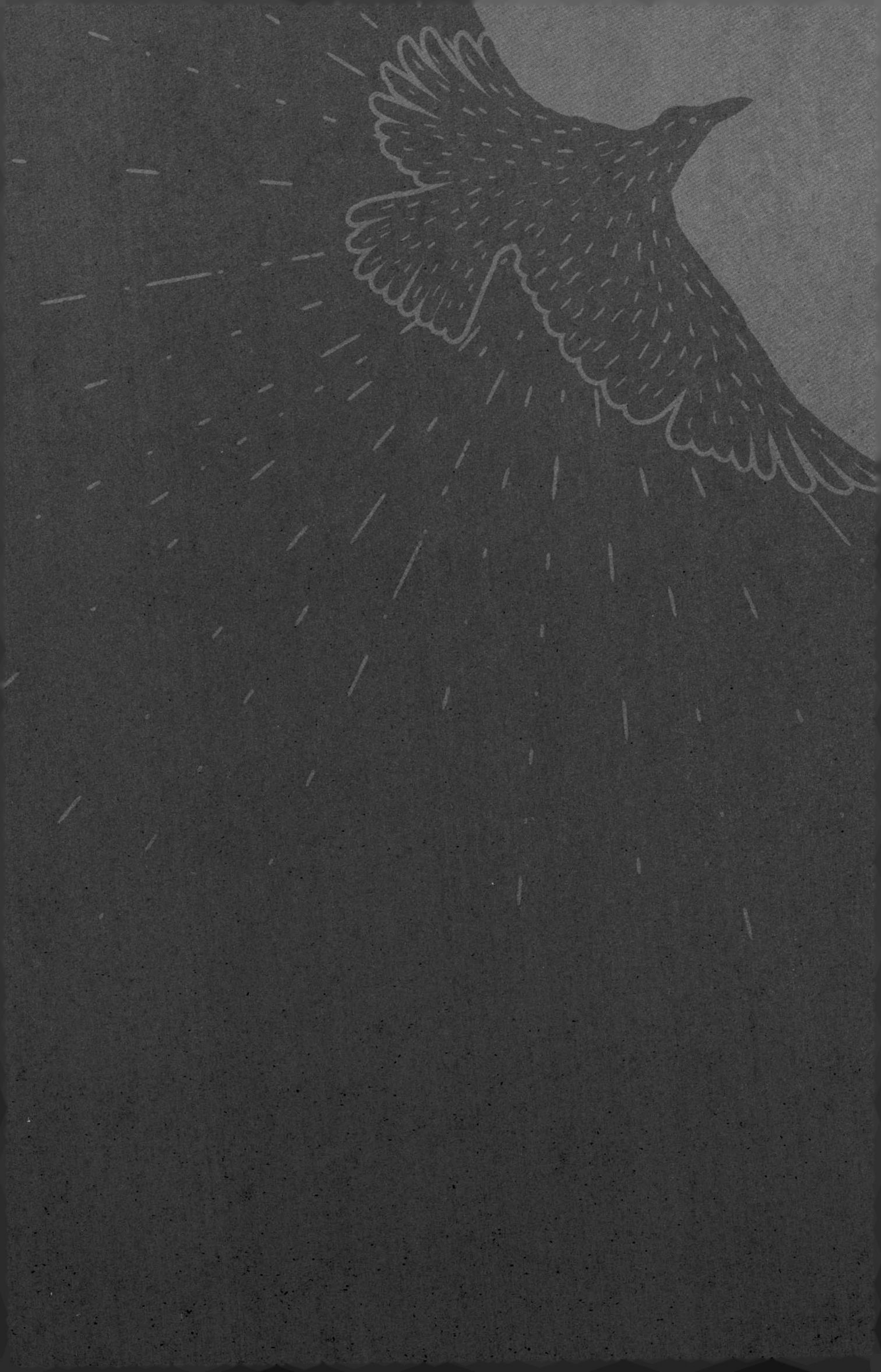

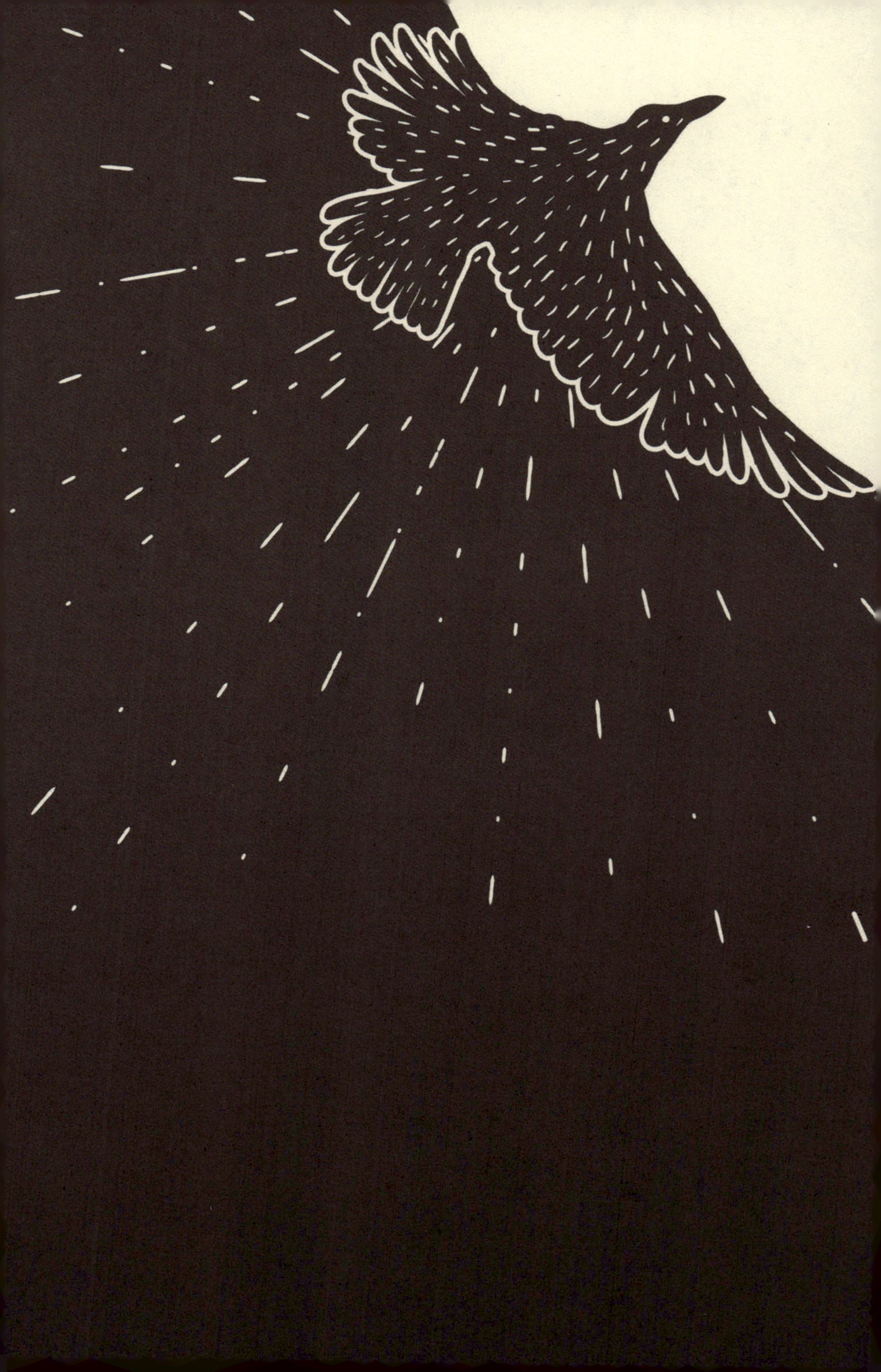

O Corvo

Trad. Fernando Pessoa, 1924

I
NUMA meia-noite agreste, quando eu lia, lento e triste,
vagos, curiosos tomos de ciências ancestrais,
e já quase adormecia, ouvi o que parecia
o som de alguém que batia levemente a meus umbrais.
"Uma visita", eu me disse", "está batendo a meus umbrais.
É só isto, e nada mais".

II
Ah, que bem disso me lembro! Era no frio dezembro,
e o fogo, morrendo negro, urdia sombras desiguais.
Como eu qu'ria a madrugada, toda a noite aos livros dada
p'ra esquecer (em vão!) a amada, hoje entre hostes celestiais –
Essa cujo nome sabem as hostes celestiais,
mas sem nome aqui jamais!

III
Como, a tremer frio e frouxo, cada reposteiro roxo
me incutia, urdia estranhos terrores nunca antes tais!

Mas, a mim mesmo infundido força, eu ia repetindo,
"É uma visita pedindo entrada aqui em meus umbrais;
uma visita tardia pede entrada em meus umbrais.
É só isto, e nada mais".

IV

E, mais forte num instante, já nem tardo ou hesitante,
"Senhor", eu disse, "ou senhora, decerto me desculpais;
mas eu ia adormecendo, quando viestes batendo,
tão levemente batendo, batendo por meus umbrais,
que mal ouvi..." E abri largos, franqueando-os, meus umbrais.
Noite, noite e nada mais.

V

A treva enorme fitando, fiquei perdido receando,
dúbio e tais sonhos sonhando que os ninguém sonhou iguais.
Mas a noite era infinita, a paz profunda e maldita,
e a única palavra dita foi um nome cheio de ais –
Eu o disse, o nome dela, e o eco disse aos meus ais.
Isso só e nada mais.

VI

Para dentro então volvendo, toda a alma em mim ardendo,
não tardou que ouvisse novo som batendo mais e mais.
"Por certo", disse eu, "aquela bulha é na minha janela.
Vamos ver o que est'nela, e o que são estes sinais."
Meu coração se distraía pesquisando estes sinais.
"É o vento, e nada mais."

VII

Abri então a vidraça, e eis que, com muita negaça,
entrou grave e nobre um corvo dos bons tempos ancestrais.

Não fez nenhum cumprimento, não parou nem um momento,
mas com ar solene e lento pousou sobre os meus umbrais,
num alvo busto de Atena que há por sobre meus umbrais,
foi, pousou, e nada mais.

VIII
E esta ave estranha e escura fez sorrir minha amargura
com o solene decoro de seus ares rituais.
"Tens o aspecto tosquiado", disse eu, "mas de nobre e ousado,
ó velho corvo emigrado lá das trevas infernais!
Dize-me qual o teu nome nas trevas infernais."
Disse o corvo, "Nunca mais".

IX
Pasmei de ouvir este raro pássaro falar tão claro,
inda que pouco sentido tivessem palavras tais.
Mas deve ser concedido que ninguém terá havido
que uma ave tenha tido pousada nos meus umbrais,
Ave ou bicho sobre o busto que há por sobre seus umbrais,
com o nome "Nunca mais".

X
Mas o corvo, sobre o busto, nada mais dissera, augusto,
que essa frase, qual se nela a alma lhe ficasse em ais.
Nem mais voz nem movimento fez, e eu, em meu pensamento
perdido, murmurei lento, "Amigo, sonhos – mortais
todos "todos já se foram. Amanhã também te vais".
Disse o corvo, "Nunca mais".

XI
A alma súbito movida por frase tão bem cabida,
"Por certo" — disse eu — "são estas vozes usuais,

aprendeu-as de algum dono, que a desgraça e o abandono
seguiram até que o entorno da alma se quebrou em ais,
e o bordão de desesp'rança de seu canto cheio de ais
era este "Nunca mais".

XII
Mas, fazendo inda a ave escura sorrir a minha amargura,
sentei-me defronte dela, do alvo busto e meus umbrais;
e, enterrado na cadeira, pensei de muita maneira
que qu'ria esta ave agoureira dos maus tempos ancestrais,
esta ave negra e agoureira dos maus tempos ancestrais,
com aquele "Nunca mais".

XIII
Comigo isto discorrendo, mas nem sílaba dizendo
à ave que na minha alma cravava os olhos fatais,
isto e mais ia cismando, a cabeça reclinando
no veludo onde a luz punha vagas sombras desiguais,
naquele veludo onde ela, entre as sombras desiguais,
reclinar-se-á nunca mais!

XIV
Fez-se então o ar mais denso, como cheio dum incenso
que anjos dessem, cujos leves passos soam musicais.
"Maldito!" — a mim disse — "deu-te Deus, por anjos conce-
deu-te o esquecimento; valeu-te. Toma-o, esquece, com teus ais,
o nome da que não esqueces, e que faz esses teus ais!"
Disse o corvo, "Nunca mais".

XV
"Profeta" — disse eu — "profeta - ou demônio ou ave preta!
Fosse diabo ou tempestade quem te trouxe a meus umbrais,

a este luto e este degredo, a esta noite e este segredo,
a esta casa de ânsia e medo, dize a esta alma a quem atrais
se há um bálsamo longínquo para esta alma a quem atrais!
Disse o corvo, "Nunca mais".

XVI
"Profeta" — disse eu — "profeta – ou demônio ou ave preta!
Pelo Deus ante quem ambos somos fracos e mortais.
Dize a esta alma entristecida se no Éden de outra vida
verá essa hoje perdida entre hostes celestiais,
essa cujo nome sabem as hostes celestiais!"
Disse o corvo, "Nunca mais".

XVII
"Que esse grito nos aparte, ave ou diabo!" — eu disse — "Parte!
Torna à noite e à tempestade! Torna às trevas infernais!
Não deixes pena que ateste a mentira que disseste!
Minha solidão me reste! Tira-te de meus umbrais!
Tira o vulto de meu peito e a sombra de meus umbrais!"
Disse o corvo, "Nunca mais".

XVIII
E o corvo, na noite infinda, está ainda, está ainda
no alvo busto de Atena que há por sobre os meus umbrais.
Seu olhar tem a medonha cor de um demônio que sonha,
e a luz lança-lhe a tristonha sombra no chão há mais e mais,
libertar-se-á... nunca mais!

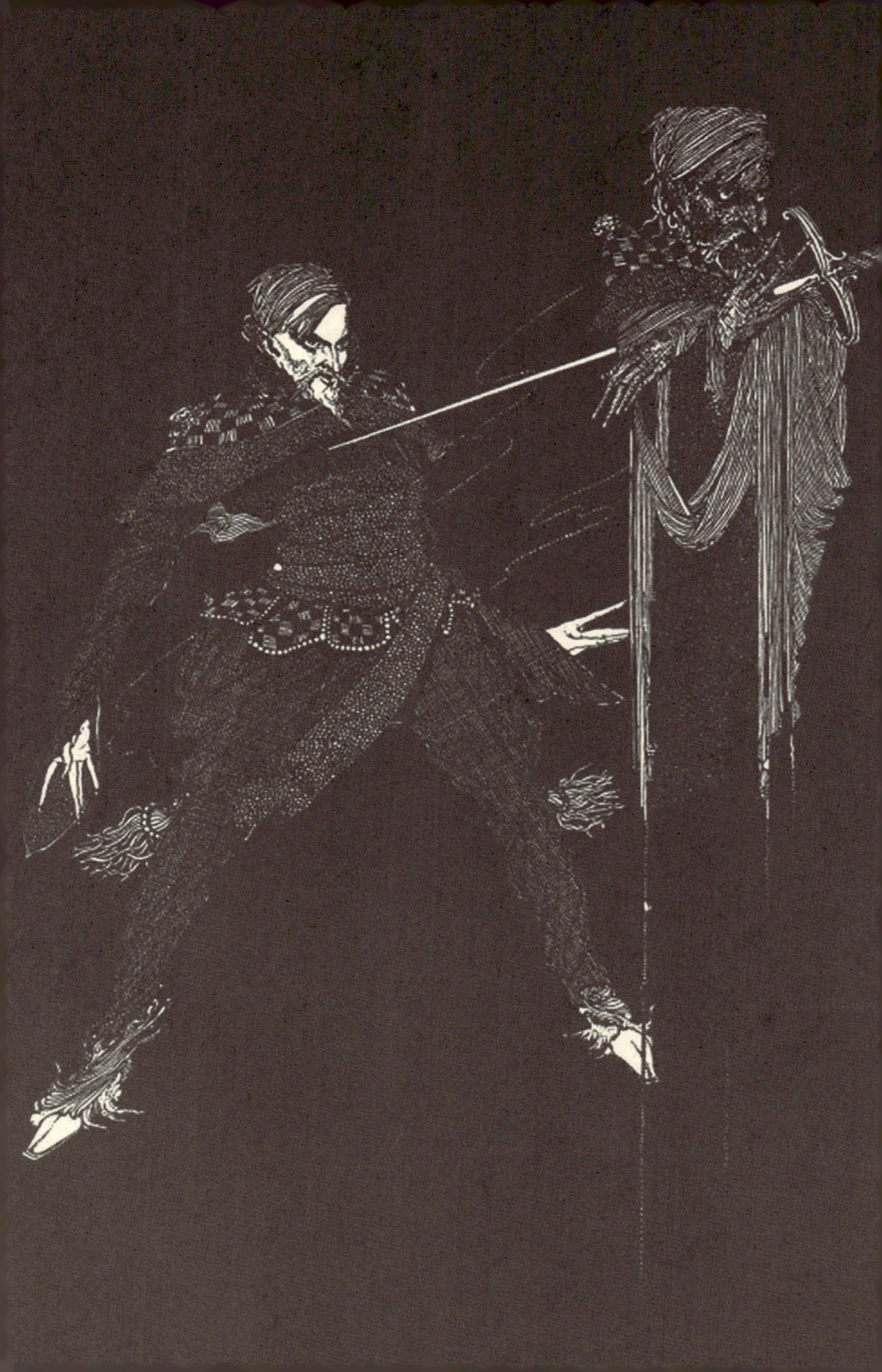

William Wilson
1839

> *Que dirá ela? Que dirá horrenda consciência, aquele espectro no meu caminho? Pharronida de Chamberlain*

Permito que me chame, por enquanto, William Wilson. A bela página que agora se apresenta diante de mim não precisa ser manchada com meu nome verdadeiro. Tal nome já foi por demais objeto de desprezo, de horror, de ódio para minha ascendência. Não terão os ventos indignados divulgado a incomparável infâmia desse nome até as mais remotas regiões do globo? Ah, o mais abandonado de todos os proscritos! Será que terá morrido para o mundo para sempre? Para suas honras, para suas flores, para suas douradas aspirações? E não está para sempre suspensa, entre suas esperança e o céu, uma nuvem espessa, sombria e sem limites?

Não iria querer, mesmo que o pudesse, aqui ou hoje, reunir as lembranças de meus últimos anos de indescritível miséria e de crimes imperdoáveis. Essa época, esses últimos anos, atingiu súbita elevação de torpor, cuja origem única é meu propósito atual expor. Os homens geralmente tornam-se gradualmente vis. Contudo, de mim, em um só instante, a virtude caiu, realmente, como um manto. De uma perversidade relativamente trivial, passei, com passos de gigante, para enormidades maiores que as de Heliogábalo[1]. Que oportunidade, que acontecimento único trouxe essa maldição é o que peço permissão para relatar. A morte aproxima-se e a sombra que a antecede lançou sobre meu espírito uma influência suavizante. Anseio, ao passar pelo vale sombrio, pela simpatia, e ia quase dizendo, pela compaixão, dos meus semelhantes. Gostaria que acreditassem que tenho sido, de certa forma, escravo de circunstâncias que extrapolam o controle humano. Gostaria descobrissem para mim, entre os detalhes que estou prestes relatar, algum pequeno oásis de fatalidade, *perdido* em um deserto de erros. Gostaria que admitissem, o que não poderiam deixar de admitir, que, embora a tentação possa ter antes existido, homem algum jamais, pelo menos, foi assim tentado antes e certamente jamais *assim* caiu. E será, pois, por isso que ele jamais sofreu assim? Não teria eu, na verdade, vivido um sonho? E não estarei agora morrendo vítima do horror e do mistério da mais estranha de todas as visões sublunares?

    Sou descendente de uma raça que se fez notável, em todos os tempos, pelo temperamento imaginativo e facilmente excitável. E desde a mais tenra infância dei provas de ter plenamente herdado o caráter da família. À medida que me adiantava em anos, isso mais fortemente desenvolvia-se, tornando-se, por muitas razões, causa de séria inquietação para os meus amigos e de positivo prejuízo para mim mesmo. Tornei-me obstinado, viciado aos mais extravagantes caprichos e vítima das paixões mais incontroláveis. Espíritos fracos e afetados por enfermidades constitucionais semelhantes às minhas, muito pouco podiam fazer meus pais para conter as más tendências que me distinguiam. Alguns esforços débeis e mal dirigidos resultavam em completo fracasso

---

1. Jovem imperador que fez de Roma o seu harém (N. T.).

da parte deles, e, obviamente, em completo triunfo da minha. Daí em diante minha voz era lei dentro de casa e, em uma idade em que poucas crianças deixavam os andadores, fui deixado ao meu próprio arbítrio e tornei-me, em tudo, menos no nome, o senhor de minhas próprias ações.

Minhas primeiras lembranças da vida escolar estão ligadas a uma grande e extravagante casa de estilo elisabetano, em um nevoento vilarejo da Inglaterra em que havia um grande número de árvores gigantescas e retorcidas e onde todas as casas eram extremamente antigas. Na verdade, aquela venerável cidade antiga era um lugar onírico e reconfortante para o espírito. Neste momento, na imaginação, sinto o arrepio refrescante de suas avenidas intensamente sombreadas, inalo a fragrância de seus mil arbustos e estremeço mais uma vez, com um indefinível deleite, ao som oco e profundo do sino da igreja batendo a cada hora, com súbito e taciturno estrondo sobre a quietude da atmosfera sombria em que se incrustava e adormecia o gótico campanário desgastado.

De certo modo, deter-me nas minuciosas lembranças escolares é talvez o maior prazer que me é dado experimentar agora. Imerso na tristeza como estou. Ai de mim! É muito real e merecerei perdão por buscar alívio, por mais ligeiro e temporário que seja, nessas minúcias fracas e desconexas. Além disso, embora extremamente triviais e até mesmo ridículas em si mesmas, assumem na minha imaginação uma importância acidental por estarem ligadas a uma época e a um lugar em que reconheço as primeiras advertências ambíguas do destino que depois ofuscou-me tão completamente. Deixai-me, pois, recordar.

A casa, como já disse, era velha e irregular. O terreno era extenso e um muro de tijolos alto e sólido, encimado por uma camada de argamassa e cacos de vidro, circundava tudo. A muralha, semelhante a uma prisão, formava o limite de nosso domínio; nossos olhos só iam além dele três vezes por semana: uma, todos os sábados à tarde, quando, acompanhados por dois porteiros, tínhamos permissão de fazer breves caminhadas por alguns dos campos vizinhos; e duas vezes, aos domingos, quando desfilávamos da mesma maneira formal para o culto religioso da manhã e da noite, na única igreja do vilarejo. O pastor da igreja era o diretor da nossa escola. Com que profundo sentimento de admiração e de perplexidade costumava contemplá-lo de nosso distante banco na tribuna, quando, com passo solene e vagaroso, ele subia ao púlpito! Aquele personagem venerando, com o semblante tão modestamente benigno, com vestes tão brilhantes e tão clericalmente esvoaçantes, com a cabeleira tão cuidadosamente empoada, tão rígida e tão vasta, poderia ser o mesmo que, ainda há pouco, de rosto azedo e trajes manchados de rapé, executou, de palmatória em punho, as leis draconianas do colégio? Ah, gigantesco paradoxo, monstruoso demais para ser resolvido!

A uma esquina da pesada muralha erguia-se, sombrio, um portão ainda mais pesado, bem trancado e guarnecido de parafusos de ferro arrematados por denteados espigões de ferro. Que impressão de profundo terror ele inspirava! Nunca foi aberto, exceto para as três periódicas saídas e entradas já mencionadas; então, a cada rangido de suas poderosas dobradiças, descobríamos uma plenitude de mistério... um mundo de solenes observações ou de meditações ainda mais solenes.

O extenso recinto tinha formato irregular, possuindo muitos recantos espaçosos dos quais três ou quatro dos maiores constituíam o parque infantil. Era plano e coberto com cascalho fino e duro. Lembro-me bem de que não havia árvores nem bancos e nem qualquer coisa semelhante. Obviamente ficava nos fundos da casa. Na frente, havia um pequeno jardim, plantado com buxos e outros arbustos; mas, de fato, só passávamos naquela seção sagrada em ocasiões bem raras, como na primeira ida ao colégio ou na saída definitiva de lá, ou talvez quando com um parente ou amigo vinha nos buscar e tomávamos alegremente o caminho de casa nas férias de Natal ou de verão.

Mas a casa! Que pitoresco casarão era aquele! Para mim, um verdadeiro palácio de encantamento! Não havia realmente fim para seus meandros, era um sem-fim de subdivisões incompreensíveis. Era difícil, em qualquer ocasião, dizer com certeza em qual dos dois andares estávamos. De cada sala para outra certamente havia três ou quatro degraus a subir ou a descer. Depois, as subdivisões laterais eram inúmeras, inconcebíveis e tão cheias de voltas e reviravoltas que as nossas ideias mais exatas sobre a casa inteira não eram muito diferentes daquelas com as quais ponderávamos sobre o infinito. Durante os cinco anos de minha estada ali, nunca fui capaz de determinar com precisão em que remoto local ficava o pequeno dormitório atribuído a mim, bem como a uns dezoito ou vinte outros estudantes.

A sala de aula era a maior da casa, e do mundo, não conseguia deixar de pensar. Era muito comprida, estreita e terrivelmente baixa, com janelas góticas e forros de carvalho. Em um canto distante, que inspirava terror, havia um recinto quadrado de dois ou três metros, abrangendo o *sanctum* "durante o horário de estudo" do nosso diretor, o Reverendo Dr. Bransby. Era uma sólida construção, com uma porta maciça; e, a abri-la na ausência do "Diretor", todos teríamos preferido morrer de *la peine forte et* *dure*². Em outros ângulos havia duas outras caixas semelhantes, bem menos reverenciadas, na verdade, mas, mesmo assim, motivadores de terror. Um era a cátedra do professor de "letras clássicas", e o outro a professor de "inglês e matemática". Espalhados pela sala, cruzando-se e entrecruzando-se em uma irregularidade sem fim, viam-se inúmeros bancos e carteiras, enegrecidos, velhos e gastos pelo tempo, horrivelmente empilhados em montes de livros, manchados e tão retalhados de iniciais, de nomes completos, de grotescas figuras e outros numerosos lavores de faca, que haviam perdido inteiramente o pouco de forma original que poderia ter cabido nos dias mais remotos. Um enorme pote de água estava em uma extremidade da sala, e na outra um relógio de dimensões estupendas.

Cercado pelas paredes maciças do venerável colégio, passei todavia, sem desgosto ou tédio, os anos do terceiro lustro de minha vida. O cérebro fecundo da infância não necessita um mundo exterior de incidentes para ocupar-se ou divertir-se com ele; e a monotonia aparentemente sombria de uma escola estava repleta de uma excitação mais intensa, que a que minha juventude mais madura extraiu da luxúria ou minha plena maturidade do crime. No entanto, devo acreditar que meu primeiro desenvolvimento mental continha muito de extraordinário e mesmo muito de exagerado. Em geral, os acontecimentos da primeira infância raramente deixam uma impressão definida sobre os homens na idade madura. Tudo são sombras cinzentas, lembranças fracas e imprecisas, um indistinto amontoado de débeis prazeres e de fantasmagóricos pesares. Comigo isso não aconteceu. Devo ter na infância sentido com a energia de um homem, o que agora encontro gravado na memória em linhas

---

2. Uma punição forte e dura (N. T.).

tão vivas, tão profundas, tão duradouras quanto os exergos das medalhas cartaginesas.

Contudo, de fato, na visão do mundo em que eu vivia, como havia pouco para recordar! O despertar pela manhã, o chamado para dormir à noite, o estudo e as recitação das lições, os curtos feriados periódicos e passeios, o recreio com barulhento com jogos e intrigas; tudo isso, graças a uma feitiçaria mental há muito esquecida, envolvia uma imensidade de sensações, um mundo de ricos acontecimentos, um universo de emoções variadas, de excitação, o mais apaixonado e comovente. *Ah! le bon temps, que ce siècle de fer!*[3]

Na verdade, o ardor, o entusiasmo, a imperiosidade de minha natureza logo tornaram-me um caráter marcante entre meus colegas e pouco a pouco, por gradações naturais, deram-me uma ascendência sobre todos os que não eram muito mais velhos do que eu; sobre todos... com uma única exceção. Essa exceção estava na pessoa de um aluno que, embora não fosse parente, possuía o mesmo nome de batismo e o mesmo sobrenome que eu. Circunstância de fato, pouco digna de nota, pois, apesar de uma nobre linhagem, o meu era um desses nomes cotidianos que parecem, por direito obrigatório, ter sido, desde tempos imemoriais, propriedade comum da multidão. Nesta narrativa designei-me, portanto, como William Wilson, título fictício, não muito diferente do verdadeiro. Somente meu homônimo, daqueles que na fraseologia escolar constituíam "nossa turma", atreveu-se a competir comigo nos estudos da classe, nos esportes e jogos do recreio, para recusar a crença implícita às minhas afirmações e submissão à minha vontade, na verdade, interferindo nos meus ditames arbitrários em todos os aspectos. Se há na ter-

---

3. Ah! Que época boa aquela do século de ferro! (N. T.).

ra um despotismo supremo e absoluto, é o despotismo de uma mente juvenil dominante sobre o espírito menos enérgicos de seus companheiros.

A rebeldia de Wilson era para mim fonte do maior constrangimento, e tanto mais que, apesar das bravatas com que em público, fazia questão de tratá-lo e às suas pretensões, no íntimo, o temia e não podia deixar de pensar na igualdade que ele mantinha tão facilmente comigo como uma prova de sua verdadeira superioridade, já que não ser superado custou-me uma luta perpétua. No entanto, essa superioridade, ou igualdade, não era, na verdade, conhecida de ninguém, senão de mim mesmo; nossos companheiros, graças talvez a alguma cegueira inexplicável, nem mesmo pareciam suspeitar disso. Na verdade, sua competição, sua resistência e, especialmente, sua obstinada interferência em meus propósitos não se manifestava exteriormente. Ele parecia ser desprovido também da ambição que o impulsionava e da apaixonada energia de espírito que me permitia destacar-me. Poderia supor-se que, em sua rivalidade, ele atuava somente por um desejo estranho de contradizer-me, surpreender-me ou mortificar-me, embora houvesse momentos em que não pude deixar de observar com uma sensação composta de admiração, humilhação ou ressentimento que ele misturava a suas injúrias, seus insultos ou suas contradições certa *afetividade* de maneiras muito inadequada e certamente muito desagradável. Só podia imaginar que esse comportamento singular surgisse de uma presunção consumada, assumindo os aspectos vulgares de patrocínio e de proteção.

Talvez tenha sido este último traço na conduta de Wilson, aliado à nossa identidade de nome e o mero incidente de termos entrado na escola no mesmo dia, que fez surgir a ideia de que éramos irmãos, entre as turmas do último ano do colégio pois estas não investigam com muito rigor os assuntos das classes menores. Já disse antes, ou deveria ter dito, que Wilson não tinha parentesco algum com a minha família, nem no mais remoto grau. Mas, certamente, se fôssemos irmãos, deveríamos ter sido gêmeos, pois, após ter deixado o colégio do Dr. Bransby descobri, por acaso, que o meu homônimo tinha nascido no dia 19 de janeiro de 1813, e isto é uma coincidência um tanto notável pois é precisamente o dia do meu próprio nascimento.

Pode parecer estranho que, apesar da contínua ansiedade que me causava a rivalidade de Wilson e seu intolerável espírito de contradição, não conseguisse odiá-lo totalmente. É fato que tínhamos uma briga quase todos os dias, na qual, concedendo-me publicamente a palma da vitória, ele, de certa forma, obrigava-me a sentir que era ele quem a merecia; contudo, um senso de orgulho de minha parte e uma verdadeira dignidade da dele mantinha-nos sempre no que chamávamos "relações de cortesia", ao mesmo tempo que havia muitos pontos de forte identidade em nosso temperamento, agindo para despertar em mim um sentimento que talvez , por si só impedisse de amadurecer em amizade. É difícil, na verdade, definir, ou mesmo descrever, meus verdadeiros sentimentos para com ele. Formavam uma mistura complexa e heterogênea; certa animosidade petulante que ainda não era ódio, alguma estima, ainda mais respeito, muito temor e um mundo de inquietante curiosidade. Para o moralista será necessário dizer, além disso, que Wilson e eu éramos os mais inseparáveis companheiros.

Foi sem dúvida o estado anômalo das relações existentes entre nós que transformou todos os meus ataques contra ele (e muitos eram francos ou dissimulados) converterem-se em ironias ou mera brincadeira, ferindo, embora sob o aspecto do simples diversão, em vez de hostilidade mais séria e preconcebida. Mas meus esforços nesse sentido não eram, de modo algum, uniformemente bem-sucedidos, mesmo quando meus planos fossem os mais espirituosamente elaborados, pois meu homônimo tinha muito, no caráter, daquela austeridade modesta e despretensiosa que, embora desfrute da pungência das próprias piadas, não tem calcanhar de aquiles e recusa-se absolutamente a ridicularizada. Na verdade, pude encontrar apenas um ponto vulnerável e que, consistindo em uma peculiaridade pessoal decorrente, talvez de uma enfermidade orgânica, teria sido poupada por qualquer antagonista menos incapaz de revidar do que eu: meu rival tinha uma deficiência nos órgãos faciais ou guturais que o impedia de elevar a voz em qualquer ocasião, *acima de um sussurro muito baixo*. Não deixei de tirar desse defeito todas as pobres vantagens que estavam em meu alcance.

As retaliações de Wilson foram muitas, e havia uma forma de sua malícia prática que me perturbava além dos limites. Como sua sagacidade descobriu logo no início que uma coisa tão mesquinha me incomodaria é questão que jamais consegui resolver, mas tendo-a descoberto, ele habitualmente aborrecia-me com isso. Sempre tive aversão ao meu sobrenome vulgar e a meu comuníssimo, senão plebeu, prenome. Tais palavras eram venenos aos meus ouvidos; e quando, no dia de minha chegada, um segundo Wilson William também chegou ao colégio, senti raiva dele por usar esse nome e sem dúvida antipatizei com o nome porque era usado por um estranho que seria causa de dupla repetição, que estaria constantemente na minha presença e cujos atos, na rotina normal dos assuntos escolares, deviam, inevitavelmente, em virtude da detestável coincidência, confundir-se com os meus muitas vezes.

O sentimento de irritação assim engendrado tornava-se mais forte a cada circunstância que tendesse a mostrar semelhança, moral ou física entre meu rival e eu mesmo. Não tinha então descoberto o fato notável de sermos da mesma idade, mas vi que tínhamos a mesma altura, e percebi que éramos até singularmente semelhantes no contorno geral da figura e nos traços fisionômicos. Exasperava-me, também, o boato corrente nas turmas dos alunos mais velhos, sobre nosso parentesco. Em uma palavra: nada podia perturbar-me mais seriamente (embora escrupulosamente ocultasse tal perturbação) do que qualquer alusão a uma semelhança de espírito, pessoa ou posição existente entre nós dois. Mas, na verdade, não tinha motivos para acreditar que (com exceção da questão de parentesco e no caso do próprio Wilson) essa semelhança tivesse sido, alguma vez, objeto de comentários, ou mesmo fosse observada de algum modo pelos nossos colegas. Que ele a observasse em todos os aspectos, e com tanta atenção quanto eu, era evidente; mas que descobrir, em tais circunstâncias, um campo tão frutífero de contrariedades só pode ser atribuído, como disse antes, à sua penetração fora do comum.

Sua réplica, que era perfeita imitação de mim mesmo, consistia em palavras e gestos, e desempenhava seu papel de forma admirável. Minha roupa era fácil de copiar; meu andar e meus modos foram, sem dificuldade, assimilados e, apesar de seu defeito constitucional, até mesmo minha voz não lhe escapava. Naturalmente, não alcançava meus tons mais elevados, mas o timbre era idêntico e *seu sussurro característico tornou-se o verdadeiro eco do meu*. Não me atreverei agora a descrever até que ponto esse primoroso retrato (pois não o podia com justiça chamar de caricatura) irritava-me. Tinha eu apenas um consolo: o fato de ser a imitação, ao que parecia, notada somente por mim e ter eu de suportar somente o conhecimento e os sorrisos estranhamente sarcásticos de meu próprio homônimo. Satisfeito por ter produzido no meu íntimo o efeito desejado, ele parecia rir em segredo com a dor que havia infligido e mostrava-se singularmente desdenhoso dos aplausos públicos que o sucesso de seus espirituosos esforços pudesse tão facilmente suscitar. O fato de a escola, na verdade, não perceber seu desígnio nem notar sua realização ou participação de seu sarcasmo foi, durante muitos meses de ansiedade, um enigma que eu não conseguia resolver. Talvez a *gradação* de sua cópia não o tornasse prontamente perceptível, ou mais provavelmente, devia eu minha segurança ao ar de mestre do copista que, desdenhando a letra (coisa que os espíritos obtusos logo percebem numa pintura), dava apenas o espírito completo de seu original para minha contemplação e desgosto individuais.

Já falei, mais de uma vez, do desagradável ar de proteção que ele assumia para comigo e de sua frequente interferência oficiosa em minha vontade. Essa interferência tomava, muitas vezes, o caráter indelicado de um conselho não abertamente dado, mas sugerido ou insinuado. Recebia-o com uma repugnância que ganhava força à medida que eu ganhava idade. Entretanto, naquela época já tão distante, quero fazer-lhe a simples justiça de reconhecer que não me lembro de ocasião alguma em que as sugestões de meu rival tivessem participado daqueles erros ou loucuras tão comuns na sua idade e à sua aparente inexperiência; seu senso moral, pelo menos, se não seu talento geral e sabedoria mundana era bem mais aguçados do que os meus, e eu poderia, hoje, ter sido um homem melhor e, portanto, mais feliz, se não tivesse tão frequentemente rejeitado os conselhos incorporados naqueles significativos sussurros significativos que eu odiava de forma muito cordial e desprezava de forma muito amarga. Sendo assim, afinal, tornei-me inquieto ao extremo à sua desagradável vigilância e cada dia mais e mais abertamente ressentia-me do que considerava sua intolerável arrogância. Já disse que, nos primeiros anos de nossas relações como colegas, meus sentimentos quanto a ele poderiam ter-se transformado facilmente em amizade; mas, nos últimos meses de minha estada no colégio, embora seus modos habituais de intrusão tivessem diminuído, indubitavelmente, em proporção quase semelhante, meus sentimentos possuíam muito de positivo ódio. Certa ocasião ele percebeu, creio, e depois disso evitou-me ou fingiu evitar-me.

Foi mais ou menos na mesma ocasião, se bem me lembro, que, em uma violenta altercação com ele, em que se descuidou mais do que de costume e falou e agiu com uma franqueza de maneiras bem estranha à sua índole, descobri (ou imaginei ter descoberto) em sua pronúncia, na sua atitude, no seu aspecto geral algo que a princípio me chocou e depois deixou-me profundamente interessado, por fazer com que me lembrasse de sombrias visões de minha primeira infância; recordações confusas e estranhas de um tempo em que a própria memória ainda não havia nascido. Não posso descrever melhor a sensação que então me oprimiu do que dizendo que, com dificuldade, era possível afastar de mim a crença de ter conhecido aquele ser diante de mim em alguma época muito remota, em algum ponto do passado, ainda que infinitamente distante. A ilusão, contudo, desapareceu tão rapidamente como chegou; e a menciono somente para pontuar o dia da última conversa que ali mantive com meu singular homônimo.

A enorme casa antiga, com suas inúmeras subdivisões, possuía vários e amplos aposentos que se comunicavam uns com os outros e onde dormia o maior número dos estudantes. Havia, também (como necessariamente deve acontecer em edifícios tão mal planejado), muitos pequenos recantos ou recessos, as peculiaridades da estrutura; e deles a habilidade econômica do Dr. Bransby havia feito também dormitórios; contudo. Como não passavam de simples gabinetes, apenas conseguiam acomodar uma só pessoa. Um desses pequenos apartamentos era ocupado por Wilson.

Uma noite, depois do encerramento de meu quinto ano na escola e imediatamente após a altercação que acabei de mencionar, verificando que todos imergiam no sono, levantei-me da cama e, com a lamparina na mão, deslizei por uma imensidade de estreitos corredores do meu quarto para o de meu rival. Há muito tempo vinha planejando uma dessas peças de mau gosto às custas dele, e até então eu tinha constantemente fracassado. Era, agora, minha intenção colocar o plano em prática e resolvi fazê-lo sentir toda a extensão da malícia de que eu estava imbuído. Chegando em seu quartinho, entrei silenciosamente, deixando a lamparina do lado de fora, com um quebra-luz por cima, avancei um passo e ouvi som de sua respiração tranquila. Certo de que ele estava dormindo, voltei, apanhei a lamparina e com ela aproximei-me novamente da cama. Havia cortinas fechadas ao redor dele; prosseguindo em meu plano, abri-as devagar e silenciosamente, caindo então sobre o adormecido, em cheio, os raios brilhantes de luz, ao mesmo tempo que meus olhos sobre seu rosto. Olhei, e um calafrio, uma sensação congelante no mesmo momento atravessou-me o corpo. Meu peito ofegou, meus joelhos tremeram todo o meu espírito foi possuído por um horror imotivado, embora intolerável. Ofegante, baixei a lamparina até quase encostá-la no seu rosto. Eram aquelas... *aquelas* as feições de William Wilson? Vi de fato, que eram as dele, mas tremi como em um acesso de febre ao imaginar que não eram. Que *havia* nelas para me perturbarem daquela maneira? Contemplei enquanto meu cérebro girava com uma infinidade de pensamentos incoerentes. Não era assim que ele aparecia, certamente não era assim, na vivacidade de suas horas despertas. O mesmo nome! Os mesmos traços pessoais, o mesmo dia de chegada ao colégio! E, depois, sua obstinada e incompreensível imitação de meu andar, de minha voz, de meus costumes, de meus modos! Será que estava dentro dos limites da possibilidade humana que *o que eu então via* fosse, simplesmente, o resultado da prática habitual dessa imitação sarcástica? Horrorizado com um tremor crescente, apaguei a lamparina, sai silenciosamente do quarto e abandonei imediatamente os corredores daquele velho colégio para neles nunca mais voltar a entrar.

Depois de um lapso de alguns meses passados em casa em mera ociosidade, tornei-me estudante em Eton. O breve intervalo foi suficiente para enfraquecer minha recordação dos acontecimentos no colégio do Dr. Bransby, ou pelo menos para efetuar uma radical mudança na natureza dos sentimentos com que eu os relembrava. A verdade, a tragédia, do drama não existia mais. Agora, encontrava motivos para duvidar do testemunho de meus sentidos; e raramente abordava o assunto, a não com admiração pela extensão da credulidade humana e com um sorriso da força vívida da imaginação que possuía por herança. Nem era provável que essa espécie de ceticismo capaz de fosse diminuída pela natureza da vida que eu levava em Eton. O vórtice de loucura impensada em que ali tão imediata e imprudentemente mergulhei varreu tudo, exceto a espuma de minhas horas passadas, engoliu de uma só vez todas as impressões sólidas e sérias e só deixou na memória as leviandades de uma existência anterior.

Não desejo, contudo, traçar o curso de minha miserável devassidão ali, que desafiava as leis, ao mesmo tempo que iludia a vigilância da instituição. Três anos de loucura, passados sem proveito, apenas me deram os hábitos arraigados do vício e aumentaram, em grau algo anormal, à minha estatura corporal. Foi quando, após uma semana de animalesca dissipação, convidei um pequeno grupo dos mais dissolutos estudantes para uma bebedeira secreta em meu quarto. Encontramo-nos tarde da noite pois nossas orgias deveriam prolongar-se, religiosamente, até a manhã. O vinho corria à vontade, e não haviam sido esquecidas outras e talvez mais perigosas seduções; assim, a cinzenta aurora já tinha aparecido vagamente no oriente quando nossa delirante extravagância estava no auge. Loucamente excitado pelo jogo e pela embriaguez, estava prestes a insistir em um brinde de profanação mais do que habitual, quando minha atenção foi subitamente desviada pelo abrir da porta do dormitório, parcial embora violento, e pela voz ansiosa de um criado lá fora, dizendo que alguém, aparentemente com muita pressa, queria falar comigo no corredor.

Sob a selvagem excitação do vinho, a inesperada interrupção mais me encantou do que surpreendeu. Cambaleei para a frente imediatamente levaram-me à entrada do prédio. Nessa sala pequena e baixa não havia lâmpada alguma, e nenhuma luz era permitida, exceto a do amanhecer excessivamente fraco que já atravessava uma janela semicircular. Ao transpor os batentes distingui o vulto de um jovem mais ou menos de minha própria altura, vestido com um quimono matinal de casimira branca, cortado à moda nova do mesmo que eu trajava no momento. A fraca luz permitiu-me a perceber isto, mas não pude distinguir as feições do rosto dele. Depois que entrei, ele caminhou apressadamente até mim, e agarrando-me pelo braço, com um gesto de petulante impaciência, sussurrou ao meu ouvido as palavras: "William Wilson!".

Naquele mesmo instante fiquei perfeitamente sóbrio. Havia algo no modo do desconhecido e no gesto trêmulo de seu dedo em riste quando ele o segurou entre meus olhos e a luz que me encheu de absoluto espanto; não foi, porém, isso o que me comoveu tão violentamente. Foi a concentração de uma solene advertência na pronúncia singular, baixa, sibilante; e, acima de tudo, foram o caráter, o tom, a chave daquelas poucas sílabas, simples e familiares, embora *sussurradas*, que vieram com mil lembranças dos dias passados e agitaram-me a alma como o choque de uma bateria elétrica. Antes que eu pudesse recuperar o uso de meus sentidos, ele já havia partido.

Embora esse evento não tenha causado um efeito vívido sobre minha imaginação desordenada, foi ele, contudo, tão fugaz quanto vivo. Durante algumas semanas, na verdade, ocupei-me de sérias investigações, ou envolvi-me em uma nuvem de mórbidas especulações. Não pretendi disfarçar, em minha percepção, a identidade do singular indivíduo que tão perseverantemente interferia em meus assuntos e perseguia-me com seus conselhos insinuados. Mas quem era esse Wilson? E de onde vinha? E quais eram suas intenções? averiguando verificando simplesmente, em relação a ele, que um súbito acidente em sua família havia provocado sua saída do colégio do Dr. Bransby na tarde do dia em que eu mesmo tinha fugido de lá. Mas em breve deixei de pensar sobre o assunto, estando com a atenção completamente absorvida por uma partida prevista para Oxford. Ali logo cheguei, pois a irrefletida vaidade de meus pais fornecia-me uma grande pensão anual que me habilitava a entregar-me ao luxo já tão caro a meu coração, rivalizando, em profusão de despesas, com os mais elevados herdeiros dos mais ricos condados da Grã-Bretanha.

Excitado ao vício por tais artifícios, meu temperamento natural irrompeu com redobrado ardor e rejeitei até mesmo as comuns restrições da decência na louca paixão de minhas orgias. Mas seria absurdo narrar em pormenores as minhas extravagâncias. Bastará dizer que, entre os perdulários, ultrapassei Herodes e que, dando nome a uma infinidade de novas loucuras, acrescentei um apêndice nada curto ao longo catálogo dos vícios então habituais na mais dissoluta universidade da Europa.

Dificilmente se poderia acreditar, no entanto, que eu tivesse, mesmo ali, caído tão completamente da posição de nobreza a ponto de procurar conhecer as artes mais vis dos jogadores profissionais, tornando-me adepto dessa desprezível ciência a ponto de praticá-la habitualmente como um meio de aumentar minha já enorme renda à custa de meus colegas fracos de espírito. Tal, contudo, era o fato. E a própria enormidade dessa ofensa contra todos os sentimentos viris e honrados evidenciava, sem sombra de dúvida, a principal, senão a única, razão de ser ela cometida. Quem, na verdade, entre meus mais dissolutos companheiros, não teria antes duvidado do mais claro testemunho de seus sentidos de preferência a ter suspeitado de que agisse assim o alegre, o franco, o generoso William Wilson, o mais nobre e o liberal dos camaradas de Oxford, aquele cujas loucuras (diziam seus parasitas) eram apenas as loucuras da juventude e da fantasia desenfreada, cujos erros eram apenas caprichos inimitáveis e cujos vícios mais sombrios eram apenas uma extravagância descuidada e arrojada?

Fazia dois anos que me ocupava dessa maneira, com amplo sucesso, quando chegou à universidade um jovem, *parvenu*[4] da nobreza, Glendenning, rico, dizia-se, como Herodes Ático, e de riqueza adquirida com igual facilidade. Logo descobri que tinha intelecto fraco e, naturalmente, marquei-o como um sujeito digno para a minha astúcia. Frequentemente levei-o a jogar e fiz com que ele ganhasse, de acordo com a arte usual dos jogadores profissionais, somas consideráveis para de modo eficiente prendê-lo em minha armadilha. Afinal estando maduros meus planos, encontrei-o (com a plena intenção de que esse encontro seria final e decisivo) no aposento de um colega (Sr. Preston), igualmente íntimo de nós dois, mas que, para fazer justiça, não tinha sequer a mais remota suspeita de meu desígnio. Para dar ao caso melhor colorido, consegui reunir um grupo de oito ou dez e tive o mais estrito cuidado em que o aparecimento de cartas de baralho fosse acidental, originando-se da proposta de minha própria vítima em vista. Para ser breve sobre tão vil, nenhuma sutileza, tão habituais em ocasiões similares, foi omitida, e é mesmo motivo de admiração haver tantas pessoas ainda tão tolas para cair como vítimas.

Prolongamos a sessão noite adentro, e finalmente efetivei a manobra de deixar Glendenning como meu único antagonista. O jogo, aliás, era o meu favorito, o *écarté*[5]... O restante do grupo, interessado na extensão de nossas apostas, abandonou as próprias cartas e ficou em volta, como espectadores. O *parvenu*, que havia sido induzido, por meus artifícios, no primeiro período da noite, a beber abundantemente, agora baralhava, cortava ou jogava com estranho nervosismo de maneiras, para o

---

4. Palavra francesa que indica uma súbita ascensão à nobreza. (N. T.)

5. Jogo de cartas. (N. T.)

qual sua embriaguez, pensava eu, podia parcialmente, mas não inteiramente, servir de explicação. Em um período muito curto, tornou-se meu devedor de uma grande quantia, e então, tendo tomado um trago avultado de vinho do Porto, fez precisamente o que eu friamente aguardei: propôs duplicar a nossa já extravagante aposta. Com bem fingida demonstração de relutância e não sem que minhas repetidas recusas o levassem a amargar palavras, que deram um tom de desafio a meu consentimento, aceitei finalmente. O resultado, é claro, apenas demonstrou quanto a presa estava em minha teia; em menos de uma hora ele quadruplicou a dívida. Há algum tempo seu rosto havia perdido o tom florido que lhe dava o vinho; agora, porém, para meu espanto, percebi que havia adquirido uma palidez verdadeiramente assustadora. Para meu espanto, digo. Glendenning foi apresentado, em meus intensos inquéritos, como imensamente rico, e as quantias que ele havia perdido até então, embora em si mesmas vastas, não podiam, supunha eu, incomodá-lo muito seriamente e muito menos afligi-lo tão violentamente. A ideia de que ele estava perturbado pelo vinho que tinha acabado de tragar foi a que mais prontamente ocorreu-me; e, mais, a fim de defender meu próprio caráter aos olhos de meus companheiros do que por qualquer motivo menos interesseiro, eu estava a ponto de insistir, peremptoriamente, a interrupção do jogo quando certas expressões de membros do grupo junto de mim e uma exclamação evidente de extremo desespero por parte de Glendenning deram-me a entender que eu havia causado sua ruína total sob circunstâncias que, tornando-o um motivo de piedade para todos, deveriam tê-lo protegido dos malefícios até mesmo de um demônio.

Qual poderia ter sido então minha conduta é difícil dizer. A lastimável condição de minha vítima havia lançado um ar de embaraçosa melancolia sobre todos. Durante alguns momentos, manteve-se um profundo silêncio, durante o qual não podia deixar de sentir minhas faces formigarem sob os numerosos olhares ardentes de desprezo ou reprovação lançado sobre mim pelos menos empedernidos do grupo. Confessarei mesmo que um intolerável peso de angústia foi retirado por breves instantes de meu peito pela súbita e extraordinária interrupção que se seguiu. Os pesados e largos batentes da porta do aposento escancararam-se de uma só vez com tão vigorosa e impetuosa violência que se apagaram, como em um passe de mágica, todas as velas da sala. Ao morrerem as luzes, pudemos perceber que um estranho havia entrado, mais ou menos de minha altura e envolto apertadamente em uma capa. A escuridão, porém, não era total, e podíamos apenas sentir que ele estava entre nós. Antes que qualquer de nós pudesse refazer-se do extremo espanto em que aquela violência nos tinha lançado a todos, ouvimos a voz do intruso.

— Cavalheiros — disse ele em um sussurro baixo, distinto e inesquecível, que me fez estremecer até a medula dos ossos —, cavalheiros, peço desculpas por este meu modo de proceder, porque assim agindo, estou cumprindo um dever. Vocês estão, sem dúvida, desinformados do verdadeiro caráter da pessoa que esta noite ganhou no écarté uma soma enorme de Lorde Glendenning. Vou, pois, apresentar-lhes um plano rápido e decisivo para obter essa informação, verdadeiramente necessária. Tenham a bondade de examinar, à vontade, o forro do punho de sua manga esquerda e os vários pacotinhos que podem ser achados nos bolsos um tanto vastos de seu roupão bordado.

Enquanto ele falava, tão profundo era o silêncio que seria possível ouvir um alfinete cair no soalho. Ao terminar, partiu de forma abrupta e tão violentamente como havia entrado. Como poderei descrever as minhas sensações? Devo dizer que senti todos os horrores dos condenados? Por certo, tive muito pouco tempo para refletir. Muitas mãos agarraram-me brutalmente, no mesmo instante, e reacenderam-se logo em seguida as luzes. Seguiu-se uma busca. No forro de minha manga foram encontradas todas as figuras essenciais do *écarté* e, nos bolsos de meu roupão, certo número de baralhos exatamente iguais aos que utilizávamos em nossas reuniões, com a única exceção de que os meus eram da espécie chamada, tecnicamente, *arredondées*[6], sendo as cartas de figuras levemente convexas nas extremidades e as cartas comuns levemente convexas nas laterais. Com esta disposição, o ingênuo que corta, como de costume, no comprimento do baralho, invariavelmente é levado a cortar dando figura ao parceiro, ao passo que o jogador profissional, cortando na largura, com toda a certeza nada cortará para sua vítima que possa servir de vantagem no desenrolar do jogo.

Uma explosão de indignação teria me afetado menos do que o silêncio de desprezo ou a compostura sarcástica com que foi recebida a descoberta.

— Sr. Wilson — disse o nosso anfitrião, abaixando-se para apanhar de sob seus pés uma capa extremamente luxuosa de peles raras —, Sr. Wilson, isto lhe pertence. (O tempo estava frio e, ao deixar meu próprio quarto, joguei uma capa sobre meu roupão, desfazendo-me dela ao chegar ao local do jogo.) — Presumo que seja supérfluo (e olhou as dobras da capa com um sorriso amargo) procurar aqui qualquer outra prova a mais de sua habilidade. Na verdade, já chega, e bastante. O senhor reconhecerá a necessidade, assim o espero, de abandonar Oxford, e, de qual-

---

6. Arredondados (as) (N.T.)

quer modo, de abandonar instantaneamente meus aposentos.

Envilecido, humilhado até o pó como então estava, é provável que eu pudesse ter-me ressentido daquela mortificante linguagem com uma imediata violência pessoal, não tivesse sido toda a minha atenção no momento detida por um fato do mais impressionante caráter. A capa que eu tinha usado era de uma qualidade rara de pele, quão rara e não me aventurarei a dizer quanto era extravagantemente custosa. Seu corte, também, era de minha própria e fantástica invenção, pois eu era, em questões dessa frívola natureza, um meticuloso exigente até o grau mais absurdo. Quando, portanto, o Sr. Preston entregou-me aquilo que havia apanhado do chão, perto dos batentes da porta do aposento, foi com um espanto quase beirando ao terror que percebi minha própria capa pendente já em meu braço (onde sem dúvida a tinha colocado inadvertidamente) e da qual a outra que me apresentavam era apenas a exata reprodução em todos e até mesmo nos mínimos particulares possíveis. A singular criatura que tão desastrosamente havia me exposto estava envolta, lembrei-me, em uma capa, e nenhuma tinha sido usada, absolutamente, por qualquer dos membros de nosso grupo, com exceção de mim mesmo. Mantendo alguma presença de espírito, tomei a capa que me foi oferecida por Preston, coloquei-a, sem que o percebessem, por cima de minha própria capa, deixei o aposento com uma resoluta expressão de desafio e, na manhã seguinte, antes mesmo de raiar do dia, iniciei precipitada viagem de Oxford para o continente, em um estado de perfeita agonia, de horror e de vergonha.

Fugi em vão. Meu destino maligno perseguiu-me, como se em triunfo, e mostrou realmente que a ação de seu misterioso domínio estava apenas começando. Mal tinha eu posto o pé em

Paris, já tive prova evidente do detestável interesse tomado por aquele Wilson a meu respeito. Anos passavam sem que eu experimentasse alívio algum. — Canalha! — Em Roma, com que inoportuna embora espectral solicitude ele se intrometeu entre mim e minha ambição! Em Viena, também em Berlim... e em Moscou! Onde, na verdade, não tive eu um amargo motivo para amaldiçoá-lo, do íntimo do coração? Da sua inescrutável tirania eu fugia por fim, tomado de pânico, como de uma peste; e até aos confins da terra *fugi em vão*.

E repetidas vezes, em secreta comunhão com meu próprio espírito, perguntava-me: "Quem é ele? De onde vem? E quais são objetivos?". Mas nenhuma resposta ali encontrava. E então eu examinava de forma minuciosa os métodos, e os traços principais de sua impertinente vigilância. Mas mesmo aí havia muito pouco sobre que basear uma conjectura. Era notável, de fato, que em nenhuma das múltiplas vezes em que recentemente cruzou meu caminho o havia feito sem ser para frustrar os planos ou perturbar ações que, se plenamente realizadas, teriam resultado em amargas travessuras. Pobre justificativa esta, na verdade, para uma autoridade tão imperiosamente usurpada! Pobre indenização para os direitos naturais de livre-arbítrio, tão pertinentes e tão insultuosamente negados!

Fui também forçado a notar que meu algoz, durante longo período de tempo (enquanto escrupulosamente e com miraculosa destreza mantinha seu capricho de uma identidade de traje comigo), tinha-se arranjado de tal maneira, em todas as ocasiões em que interferiu com a minha vontade, que eu não vi, em momento algum, as feições de seu rosto. Fosse Wilson quem fosse, isto, pelo menos, era apenas a mais pura afetação ou loucura. Poderia ele, por um instante, ter suposto que no meu admoestador de Eton, no destruidor de minha honra em Oxford, naquele que frustrou minha ambição em Roma, minha vingança em Paris, meu apaixonado amor em Nápoles, ou aquilo que ele falsamente denominei de minha avareza no Egito, que naquele meu arqui-inimigo e diabólico gênio eu deixaria de reconhecer o William Wilson de meus dias de colégio, o homônimo, o companheiro, o rival, o odiado e temido rival do colégio do Dr. Bransby? Impossível! Mas deixe-me rapidamente descrever a última e culminante cena do drama.

Até então eu havia sucumbido passivamente àquele imperioso domínio. O sentimento de profundo temor com que habitualmente encarava o caráter elevado, a sabedoria majestosa, a aparente onipresença e onipotência de Wilson, somado a uma sensação de terror que certos outros traços de sua natureza e de sua arrogância me inspiravam, tinham conseguido, até então, imprimir em mim uma ideia de minha própria fraqueza extrema e desamparo e sugerir uma submissão implícita, embora amargamente relutante, à sua vontade arbitrária. Mas, ultimamente, tinha me entregado inteiramente ao vinho; e sua enlouquecedora influência sobre meu temperamento hereditário tornou-me cada vez mais impaciente ao controle. Comecei a murmurar, a hesitar, a resistir. E seria apenas a imaginação que me induzia a acreditar que, com o aumento de minha própria firmeza, a do meu algoz sofria uma diminuição proporcional? Fosse como fosse, comecei então a sentir inspiração de uma esperança e, por fim, nutri em meus pensamentos secretos uma resolução desesperada e severa de que não me submeteria por mais tempo à escravidão.

Foi em Roma, durante o carnaval de 18... Assistia a um baile de máscaras no palácio do napolitano Duque Di Broglio. Havia me entregado, mais livremente do que de costume, aos excessos do vinho, e agora a sufocante atmosfera das salas apinhadas irritava-me insuportavelmente. A dificuldade, também, em abrir caminho por entre os grupos compactos contribuía muito para exasperar-me o gênio, pois estava ansioso à procura (permiti que não diga com que indigna intenção) da jovem, da alegre, da bela esposa do velho e caduco Di Broglio. Com uma confiança igualmente inescrupulosa, ela já me havia previamente revelado o segredo da fantasia com que estaria trajada, e agora, tendo-a vislumbrado, apressava-me em abrir caminho até ela. Neste momento, senti a mão leve pousar em meu ombro e ouvi aquele lembrado, baixo e maldito *sussurro* dentro em meu ouvido.

Em um absoluto frenesi de cólera, voltei-me imediatamente para quem assim me interrompeu e agarrei-o violentamente pelo pescoço. Trajava ele, como eu havia esperado, uma roupa inteiramente igual à minha. Trazia uma capa espanhola de veludo azul, amarrada na cintura por um cinturão escarlate, que sustentava um florete. Uma máscara de seda preta encobria-lhe inteiramente o rosto.

— Canalha! — disse eu com uma voz rouca de raiva, enquanto cada sílaba que eu pronunciava parecia alimentar cada vez mais a minha fúria. — Canalha! Impostor! Maldito vilão! Não mais, não mais você me perseguirá como um cão até a morte! Siga-me, ou eu o atravessarei aqui mesmo, com este florete!

E rompi caminho para fora do salão de baile até uma pequena antecâmara ao lado, arrastando-o sem resistência comigo.

Depois de entrar, atirei-o furiosamente para longe. Ele bateu de encontro à parede enquanto eu fechava a porta praguejando e ordenando-lhe que puxasse a arma. Ele hesitou, mas apenas por um instante; depois, com leve suspiro, puxou-a em silêncio e pôs-se em guarda.

A luta foi realmente curta. Eu estava frenético no paroxismo da excitação selvagem e sentia no meu simples braço a energia e a potência de uma multidão. Em poucos segundos obriguei-o, só pela força, a encostar-se no lambril da parede e assim, tendo-o à mercê, mergulhei minha espada com bruta ferocidade e repetidamente em seu peito.

Naquele instante, alguém tentou abrir a porta. Apressei-me em evitar uma intromissão e, em seguida, voltei imediatamente para meu antagonista moribundo. Mas que língua humana pode adequadamente retratar aquele espanto, *aquele* horror, que de mim se apossou diante do espetáculo que então se apresentou à minha vista? O breve instante em que desviei meus olhos tinha sido suficiente para produzir, ao que parecia, uma mudança positiva na disposição, na parte mais alta ou mais distante do quarto. Um grande espelho, assim a princípio pareceu-me em minha confusão, erguia-se agora ali, onde nada antes tinha sido perceptível, e quando me aproximei dele, no auge do terror, minha própria imagem, mas com as feições lívidas e manchadas de sangue, adiantava-se ao meu encontro com um andar fraco e cambaleante.

Assim parecia, digo, mas não era. Era meu adversário, era Wilson que então ficou diante de mim, nos estertores de sua agonia. Sua máscara e sua capa jaziam ali no chão, onde ele as havia jogado. Nem um fio em todo o seu vestuário, nem uma linha em todos os traços marcados e singulares de seu rosto que não fossem, mesmo na mais absoluta identidade, os meus próprios! Era Wilson, mas ele falava não mais num sussurro, e eu podia imaginar que era eu próprio quem estava falando enquanto ele dizia:

Venceste e eu me rendo. No entanto, doravante, tu também estás morto... morto para o Mundo, para o Céu e para a Esperança! Em mim tu vivias... e, na minha morte, vista por esta imagem, que é a tua própria imagem, como completamente assassinaste a ti mesmo!

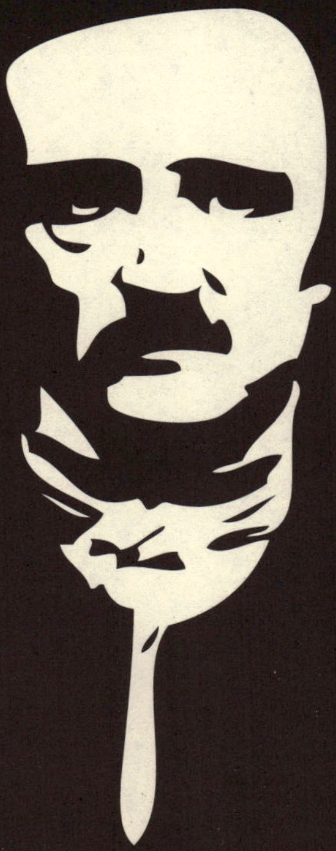

Edgar Allan Poe nasceu em Boston, Estados Unidos, em 19 de janeiro de 1809. Ele foi um escritor, poeta e crítico literário.

Vida pessoal: Poe teve uma vida pessoal conturbada marcada por tragédias e dificuldades. Perdeu sua mãe aos dois anos de idade e seu pai o abandonou. Ele foi criado por pais adotivos e, mesmo assim, enfrentou dificuldades financeiras.

Educação e carreira: Estudou na Universidade de Virgínia, mas teve que abandonar os estudos devido a problemas financeiros. Alistou-se no exército e, posteriormente, começou a escrever profissionalmente.

Contribuições literárias: É considerado um dos mestres do conto, tendo escrito histórias de terror e góticas que exploram as profundezas da alma humana. Ele também perseguiu a poesia e a crítica literária.

Influência e legado: Edgar Allan Poe é considerado um dos grandes nomes da literatura e teve impacto duradouro no gênero de terror e suspense. Seus contos e poemas influenciaram muitos escritores posteriores, como H. P. Lovecraft, Arthur Conan Doyle e Stephen King, muitas de suas obras foram adaptadas para o cinema, refletindo sua relevância contínua e seu apelo universal.

Poe faleceu em 3 de outubro de 1849, mas sua vida conturbada e sua habilidade de explorar o lado sombrio da psique humana continuam a fascinar e inspirar leitores até os dias de hoje.

A casa de Poe

Gostamos de romantizar – sem trocadilhos – a vida profissional dos nossos autores favoritos. Eles certamente se aninham em suas casas confortáveis e de clima perfeitamente construído para a arte de criar aqueles mundos e criaturas que tanto tememos e amamos. Sentam-se em suas escrivaninhas de madeira e escrevem, amparados pela luz do candelabro e do calor de uma providencial lareira.

A realidade é um pouco, digamos, menos glamourosa. Escritores, sabemos, são almas inquietas que extirpam as histórias dos confins de suas mentes, e precisam fazê-lo em qualquer lugar, em qualquer posição. Sem lareira, sem escrivaninha, e muitas vezes sem casa.

Claro que nada disso tira a importância e o valor histórico e emocional de uma casa onde tenha vivido um autor, e com Edgar Allan Poe isso não é nada diferente.

São algumas as cidades dos Estados Unidos que podem reclamar para si uma parte do legado de Edgar Allan Poe. Filadélfia é uma dessas cidades, onde o escritor viveu entre 1837 e 1844, no endereço 532 N 7th Street – Philadelphia 19123.

Seis anos que são considerados os mais produtivos de sua carreira. Ali ele escreveu "A Queda da Casa Usher", conto que empresta o título a este livro, dentre muitos outros dos mais conhecidos e famosos escritos.

A casa é hoje patrimônio histórico e cultural dos Estados Unidos, e pode ser visitada. O programa para turistas inclui um tour guiado pelos cômodos (incluindo a Sala de Leitura), um desafio em quebra-cabeça para decifrar uma mensagem escondida e uma foto à sombra da famosa estátua do corvo do lado de fora da casa.

Nossas casas são quase sempre um reflexo de nossas vidas cotidianas, símbolos do que somos e do que queremos ser. A casa de Edgar Allan Poe busca exatamente esse efeito e, por isso, desejamos que você tenha uma ótima experiência ao observar as fotos neste capítulo especial!

Fontes:

NATIONAL PARK SERVICE. Edgar Allan Poe – National Historic Site - Pensilvania. Disponível em: <https://www.nps.gov/edal/>. Acesso em: 05 set. 2023.

PHILA PLACE. Edgar Allan Poe National Historic Site. Disponível em: <http://www.philaplace.org/story/262/>. Acesso em: 05 set. 2023.

Casa alugada por Edgar Allan Poe, localizada na 532 N. 7th Street, no bairro de Spring Garden, na Filadélfia, Pensilvânia.

O interior não restaurado da casa.

Casa alugada por Edgar Allan Poe, localizada na 532 N. 7th Street, no bairro de Spring Garden, na Filadélfia, Pensilvânia.

Sala, primeiro andar.

Sala de jantar da cozinha, no primeiro andar.

editorapandorga.com.br
/editorapandorga
@pandorgaeditora
@editorapandorga

Este livro foi composto em Garamond Premier 12/16